UN ROSSIGNOL CHANTAIT

Michel Ragon est né en 1924. Autodidacte, il a publié de nombreux romans. Du premier, *Drôles de métiers*, en 1953, aux plus récents, *L'Accent de ma mère, Ma sœur aux yeux d'Asie, Les Mouchoirs rouges de Cholet* (paru en 1984, Grand Prix des lectrices de *Elle*, Prix de l'Académie de Bretagne, Prix Alexandre-Dumas, Goncourt du récit historique), *La Louve de Mervent, Le Marin des sables, La Mémoire des vaincus, Le Cocher du Boiroux, Le Roman de Rabelais* (Prix des Maisons de la presse en 1994), *Les coquelicots sont revenus, Un si bel espoir, Georges et Louise, Un amour de Jeanne*, c'est toujours la mémoire du peuple qu'il tente de restituer et à laquelle il a également consacré un livre unique dans l'édition française : *Histoire de la littérature prolétarienne.*
Critique et historien de l'art, de l'architecture et de l'urbanisme, il a publié une monumentale *Histoire de l'architecture et de l'urbanisme modernes*, ainsi qu'une importante *Histoire mondiale de l'architecture*, et de nombreux essais, dont *L'Homme et les villes* et *Journal de l'art abstrait.* Ses travaux d'érudition l'ont amené, la cinquantaine venue, à soutenir une thèse de doctorat d'État à la Sorbonne et à devenir professeur de l'enseignement supérieur.

Paru dans Le Livre de Poche :

L'Accent de ma mère

Le Cocher du Boiroux

Les coquelicots sont revenus

D'une berge à l'autre

Georges et Louise

La Louve de Mervent

Ma sœur aux yeux d'Asie

Le Marin des sables

La Mémoire des vaincus

Le Roman de Rabelais

Un si bel espoir

MICHEL RAGON

Un rossignol chantait

ROMAN

ALBIN MICHEL

à Massin.

1

D'où venaient-ils donc, ces deux-là, sans famille, sans lieux, sans histoire, sinon l'histoire du château où ils avaient été domestiques, sinon l'histoire de leur maître, ce baron, dont ils se souvenaient comme du bon Dieu? D'où venaient-ils donc? Ils ne parlaient jamais de leur enfance. Comme s'ils n'en avaient pas eu; comme s'ils étaient nés adultes, et de toute éternité domestiques.

Je ne sais pas qui étaient les parents de mes grands-parents. Ils en eurent sans doute puisque, le moins que l'on puisse dire, c'est qu'ils n'étaient pas nés de la cuisse de Jupiter. Ils n'en parlèrent jamais. Ni de leurs mystérieux géniteurs, ni de Jupiter. Ils ne se souvenaient, ou ils feignaient de ne se souvenir, que du château où ils avaient été domestiques et des bons maîtres du château.

Ce château lui-même, et les descendants du fameux baron, j'ai mis beaucoup de temps à les découvrir. Bien après que mes grands-parents eurent quitté ce monde.

Pendant toute mon enfance, j'ai imaginé ce château à l'image de celui de Barbe-Bleue, ceint de hauts murs crénelés, avec des tours, des meurtrières, des échauguettes, un donjon, que sais-je? Mais le mystérieux château du mystérieux baron est beaucoup plus modeste, une sorte de gentilhommière du Bocage vendéen, enfouie dans une végétation touffue de châtaigniers, que l'on aperçoit seulement après avoir parcouru une grande allée bordée de chênes.

Sans doute mes grands-parents ne faisaient-ils pas un mystère du baron et du château. S'ils ne parlaient jamais de leur enfance et s'ils n'évoquaient leur vie d'adultes dans la domesticité du baron qu'en s'excusant de prêter quelque importance à des événements qui n'intéressaient personne, c'est que les pauvres gens d'autrefois (les gens pauvres) assumaient leur existence comme un murmure.

Ils élevaient rarement la voix. D'ailleurs, ils causaient peu. Juste le nécessaire entre époux et ce qu'il fallait de liant entre voisins, en évitant d'en dire trop.

Oui, on avait toujours la crainte d'en dire trop. On avait toujours la crainte d'en faire trop. On ménageait ses paroles, comme on ménageait ses vêtements qui, rapiécés, devaient durer toute la vie. Il n'y avait pas de petites économies. Le temps s'écoulait, si lentement, et silencieusement, que l'on s'efforçait d'être en accord avec ce lent glissement des jours et des nuits.

De toute manière, mon grand-père ne s'exprimait pratiquement pas. Il grommelait, mâchait sempiternellement sa chique, dont il crachait le jus jaunâtre dans la cendre de la cheminée, au scandale de ma grand-mère. Car les cendres chaudes servaient toujours à quelque chose : cuire des pommes de terre, des châtaignes... Grand-mère parlait pour eux deux. Juste le nécessaire dans le train-train quotidien. Si bien que, de toutes ces années qui s'écoulèrent avant leur installation dans la maison de la rue des Orfèvres, à Fontenay-le-Comte, pas bien loin du château du baron, je ne sais rien.

Bizarrement, ma mère elle-même, qui n'était pas née au château, mais dans une commune voisine, ne m'a rien dit de ces années blanches, sinon qu'après la mort du baron (mort d'apoplexie ; les gens riches mouraient toujours d'apoplexie, en ce temps-là, comme si d'avoir trop mangé et bu, ils finissaient fatalement par éclater) mes grands-parents avaient hérité d'un petit bien, sans doute un legs du châtelain : une demi-maison avec un bout de terrain permettant de cultiver des légumes, d'installer des cabanes à lapins et un poulailler.

Enfin je n'en sais rien. Il faut bien que j'imagine. Chassés du château par la mort du baron, ils eurent certainement l'impression d'être chassés du paradis. Le petit bien dont ils héritèrent les protégeait de la misère, mais ils eurent certainement l'impression d'une déchéance. Les domestiques sont ainsi faits qu'ils croient bénéficier de l'éminence des maîtres. Ils habitent au château, dans les communs, au-dessus des écuries, imprégnés de l'odeur de crottin et d'urine, se lavent furtivement à la fontaine de la cour, dont ils doivent, l'hiver, casser la glace, mais ils habitent au château. Ils y travaillent, sans avoir l'impression d'y travailler. Grand-père, qui était cocher, étrillait les chevaux, les menait au pré, les attelait lorsque le baron voulait se rendre à Fontenay-le-Comte ou à Sainte-Hermine et, à part ça, musardait, traînassait dans la ferme de la propriété pour y faire une causette, même si les métayers l'y traitaient de fainéant. Il s'en amusait sans doute, savait qu'il tenait le bon bout du manche.

De même, grand-mère vivait dans la moiteur des appartements de la baronne, repassait du beau linge et de la dentelle, chassait en se jouant la poussière et les souris. Le luxe des châtelains, ou ce qu'elle prenait pour du luxe, l'enveloppait d'une douceur qu'elle ne connaîtra plus.

S'ils n'évoquaient jamais ces années entre la mort du baron et leur venue à Fontenay, c'est que ce furent des années tristes. Combien d'années ? Là aussi, tout est flou, vague. Ma mère, non plus, ne m'a rien dit de son enfance villageoise. Il semblait que, tout comme pour ses parents, rien n'existât entre le château du baron et la maison de Fontenay.

Sans doute furent-ils désemparés par cette

liberté qui leur était donnée. Les domestiques, en ce temps-là, ne disposaient d'aucun temps libre. Ils appartenaient au château en ayant l'illusion que le château leur appartenait. Ils gagnaient peu d'argent, mais tous leurs besoins quotidiens leur étaient assurés. Il y avait, chez ces serviteurs, quelque chose de l'animal domestique. Logé, nourri, sans souci du lendemain.

Et puis, tout à coup, le maître meurt. On se retrouve dehors, à l'extérieur des murs protecteurs. On arrive dans un village en intrus. On ne comprend pas cette hostilité sourde. On ne comprend pas que ces bouseux, parmi lesquels l'infortune de la mort du baron les a condamnés à vivre, ne leur pardonnent pas d'avoir été inclus parmi les privilégiés du château.

On ne comprend pas que d'avoir si longtemps vécu au service des maîtres leur a donné une manière de parler, une manière de se tenir, qui détonne dans la rudesse des villageois. On les croyait fiers, alors qu'ils n'étaient qu'effarouchés. Au café, où grand-père espérait se faire des copains en offrant à boire une chopine, il ne voyait que des regards en biais. On s'écartait de lui. On lui faisait sentir qu'il n'appartenait pas au même monde qu'eux. Puisqu'il n'était plus domestique, il n'était plus rien. Sinon un journalier que l'on appellerait lorsque l'on aurait trop d'ouvrage, comme si on lui faisait la charité.

Car comment vivaient-ils, dans leur minuscule

borderie, avec, pour toutes ressources, les légumes du jardin, les œufs des poules et un lapin pour les jours de fête ? Je sais bien que la pénurie faisait partie du quotidien de la plupart des gens, qu'il y avait alors plus de richesse dans un œuf frais que dans une utopique opulence.

Quand même ! Ils devaient être encore assez jeunes, bien qu'il m'est difficile de les imaginer autrement que dans cette vieillesse, dont, au regard d'un enfant, les gens âgés semblent dotés de toute éternité. Néanmoins, j'ai toujours connu grand-mère vive, entreprenante, active. Il serait invraisemblable qu'elle n'ait pas eu envie de se tirer de ce mauvais pas. Les paysans sans terre, les closiers, ne possédaient-ils pas au moins une vache ? Faute de parcelle herbagère, ils conduisaient l'animal au bout d'une corde, en vaine pâture. Je vois bien grand-mère, fière de sa vache, la menant brouter le long des chemins, sur les talus herbeux qui n'appartenaient à personne. Et grand-père, moins ambitieux, s'accommoder de journées charretières, à la demande, suivant les besoins des gens du bourg ou de fermiers débordés d'ouvrages. Je les vois bien, simples, modestes, tels que je les ai connus, se contentant de peu, se glisser sans bruit dans cette vie villageoise. Essayer de creuser leur trou.

Rien à faire. Ils n'étaient pas du pays. Ils venaient du château. Ils avaient hérité d'une demi-maison et de quelques ares. Tout cela sentait le soufre. La vache, surtout, agaçait leurs voisins. Ils n'étaient pourtant pas les seuls à mener leur animal sur les guérets, les jachères et toutes les terres en friche, si nombreuses.

Les rares paysans de la contrée à pouvoir s'enorgueillir d'être propriétaires ne possédaient guère plus de cinq hectares de terre labourable. Mais ils se sentaient pousser des crocs de chien de garde à l'idée que l'on vienne piétiner leurs pâtis.

C'est ainsi que mes grands-parents s'aperçurent qu'ils appartenaient au monde des pauvres, qu'on les associait, à cause de la vache en vaine pâture, à la catégorie de ce que l'on appelait les pauvres-honteux.

Ils ne s'étaient jamais vus pauvres. Leur masure, leur poulailler, leur jardin potager, leur vache, ils s'étaient même crus riches.

Pauvres-honteux, non, grand-mère ne voyait pas de raison d'avoir honte. Simplement, le mépris des villageois l'offusquait. Malgré son époux qui s'accommodait de sa nouvelle condition, sans doute décida-t-elle brusquement de vendre la vache, le legs du baron, et d'aller s'installer en ville.

C'est ainsi qu'arrivés à Fontenay-le-Comte, aux confins de la plaine et du marais, ils firent leur nid dans une étroite maison de la rue des Orfèvres, près du pont des Sardines. Et qu'ils ne parlèrent plus jamais du ratage de leurs ambitions agricoles.

2

Tels je les vois, tels je les verrai toujours, tant que ma vie prolongera la leur.

Tous les deux de petite taille, mais en ce temps, et dans la région, rien de plus commun. Grand-père, rond de visage et de corps, les cheveux courts ramenés sur son front bombé, les yeux bleus, une moustache à la gauloise, râblé, costaud, gardera toujours de sa première condition de cocher une assez belle allure. Près de lui, comparée à sa prestance, grand-mère, absolument minuscule, petite souris trottinante, agile, futée, affectait la plus grande servilité vis-à-vis de son mari, comme le voulait l'usage, mais n'en faisait qu'à sa guise. On disait, on dira vite d'elle, que c'était une tête, ce qui signifiait qu'intelligente elle « portait la culotte ». A tel point que j'ai toujours entendu mon grand-père l'appeler « le commandant ». Peut-être, au début, par ironie, par jeu, mais finalement elle commandait bien la maisonnée, jusqu'à glisser en haut des draps, dans l'armoire, le « bon » bulletin de vote, chargeant son mari, le moment venu, d'aller l'introduire dans l'urne.

Comme on le voit, puisqu'on lui refusait le droit de vote, elle votait par procuration. Elle n'était pas la seule.

A Fontenay, ils avaient échappé à la déchéance. Les habitants de la rue des Orfèvres, située près de la place du Marché, à deux pas du faubourg des Loges, ni plus riches, ni plus pauvres qu'eux, ne faisaient pas de manières. Leur condition d'anciens domestiques du baron de X, bien connu à Fontenay, au lieu de les singulariser, leur donnait une introduction aimable.

Cette maison de mon enfance, très étroite, haute de deux étages, se prolongeait d'une cour encadrée par les hauts murs des maisons voisines.

Mes grands-parents ont toujours vécu au rez-de-chaussée, dans un logement obscur qu'éclairait seulement la cour. Leur ascendance paysanne les poussait à tourner le dos à la rue et à regarder du côté de cette courette où se trouvaient les cabanes à outils de grand-père et des poules et des lapins en liberté. La chambre à coucher (son haut lit, ses édredons, son obscurité) gardait quelque chose de mystérieux et d'inquiétant, avec son odeur rance, ses images pieuses accrochées sur les murs, que l'on apercevait à peine. Je n'y ai jamais vu mes grands-parents, à croire qu'ils ne se couchaient pas, toujours levés à l'aube et ne s'aventurant dans cette alcôve, vraisemblablement, qu'une fois la maisonnée endormie.

Entre l'étrange dortoir et la lumière de la cour, la grande salle, à la fois cuisine et salle à manger. Sa cheminée, son buffet, son armoire, la table et ses bancs de bois, ses chaises paillées, une huche à pain transformée en coffre à linge.

Au premier étage, le « bel étage », néanmoins composé seulement d'une cuisine et d'une chambre, mais bien éclairé à la lumière du jour, l'étage qui fut celui où vécurent ma mère et mon père, mais dont je me souviens peu puisque mon père mourut si vite et que, ma mère veuve, nous déménageâmes prestement au second étage, plus étroit encore, laissant le « bel étage » à des locataires qui furent toujours des sous-officiers de l'Infanterie coloniale, en garnison dans la ville.

Un escalier étroit, en colimaçon, reliait ces étages. Ah ! combien je l'ai dévalé, cet escalier, pour descendre le plus vite possible dans ce domaine enchanté, si petit, et dans mon souvenir si vaste, où vivaient mes grands-parents.

La cour, que l'on m'a permis de revoir dernièrement, étroite, privée de soleil en raison des hauts murs qui la flanquaient, me paraissait immense. Parfois me parvenait, stridente, la voix d'une petite fille qui chantait inlassablement :

Dans le jardin de mon père
Les lilas sont fleuris

Mon père n'avait pas de jardin. N'en avait jamais eu. Et je n'avais plus de père. Cette petite fille, au-delà des murs (dans quelle maison?), m'intriguait. Je ne l'ai jamais vue. Très tôt, enfant unique, je me suis habitué à la solitude. Y ai pris goût. Très tôt, je me suis habitué à ce que les autres enfants ne soient qu'une voix lointaine, inaccessible. Je n'ai jamais souffert d'être un enfant seul. Un enfant unique ne peut être malheureux s'il a près de lui une grand-mère comme le fut la mienne.

Il y avait une telle force dans cette femme menue, une telle bonté, irradiante, que ma mère ne l'avait jamais quittée. Sauf un bref intermède lorsqu'elle épousa ce sous-off de l'Infanterie coloniale et le rejoignit dans sa garnison à Marseille. Très vite elle revint, avec son enfant emmailloté, dans la maison mère (dans la maison grand-mère) de Fontenay. Et le mari suivit peu après, en civil, prématurément retraité, prématurément vieilli, son prestige perdu avec son uniforme déposé.

Ma mère veuve, mariée si brièvement, retrouva ses habitudes de jeune fille. En réalité, dans notre étroit logement du deuxième étage, ma mère ne s'installa jamais. Nous étions là en sursis, chassés par les militaires qui occupaient le bel étage. Nous étions là comme dans une annexe du rez-de-chaussée des grands-parents. Nous y descendions très vite. Sans grand-mère, nous nous sentions perdus.

Interminablement, ma mère s'asseyait près de la porte à deux battants qui s'ouvrait sur la cour, pour bénéficier d'une bonne lumière, et reprisait, raccommodait, se livrait calmement à ces travaux d'aiguille qu'elle assumera toute sa vie. Grand-mère, assise près d'elle, épluchait des légumes, écossait des petits pois ou des haricots. Elles aimaient ces moments où elles pouvaient bavarder, où elles se retrouvaient mère et fille. L'épisode du mariage, de l'enlèvement dans la ville de garnison, de la maladie et de la mort du mari, s'en allait dans le lointain. Il ne restait de cette aventure extravagante que cet enfant qui jouait dans la cour, parmi les poules et les lapins en liberté.

Ni chat, ni chien, chez mes grands-parents. Seulement des lapins et des poules. Aussi familiers que des chats, aussi curieux, entrant furtivement dans la grande salle, se glissant sous les meubles. Une poule grise aimait particulièrement se percher tout en haut de l'armoire. Comme elle se complaisait à y pondre, grand-mère la chassait à coups de torchon. Puisque nous étions tous de petite taille, il fallait une échelle pour récupérer les œufs. Mais la poule et grand-mère jouaient une véritable comédie, à qui ferait plus bisquer l'autre ; la poule s'obstinant à ne pas vouloir pondre ailleurs que sur ces hauteurs et grand-mère s'obstinant à la déloger.

Puisque, comme l'assurait M. Jean de La Fontaine (un habitué de la maison), la raison du plus fort est toujours la meilleure, la poule fut un jour égorgée, plumée et rôtie.

Lasse de ces grosses poules trop bruyantes,

trop effrontées, grand-mère renouvela sa volaillerie par de jolies poules naines, qu'elle appelait des pompettes, flanquées d'un superbe « pompé » aux plumes rouge et or. Les œufs furent plus petits, mais on n'eut plus besoin d'aller les chercher en haut de l'armoire.

A propos de M. Jean de La Fontaine, c'est avec lui que j'appris à lire. Ou plutôt c'est ma grand-mère qui m'apprit à lire avec les fables de La Fontaine. Grand-mère m'a tout appris, l'alphabet, le vocabulaire, l'amour de la lecture. Elle ne possédait que quelques livres, tous très gros, reliés en rouge et soigneusement rangés dans l'armoire à linge. Outre les *Fables* de La Fontaine, il y avait l'*Histoire des Girondins* par M. Alphonse de Lamartine, *La Chanson de Roland* et *Manon Lescaut.*

Comment cette *Histoire des Girondins* avait-elle pu aboutir dans cette Vendée encore peu républicaine ? Il n'empêche que ma passion de l'Histoire, et de l'histoire politique en particulier, est peut-être issue de ce livre peu enfantin. Mais il y avait si peu de livres dans les familles populaires que la littérature enfantine n'y existait pas. Si on lisait, lorsque l'on lisait, on se contentait de ce qui se trouvait là.

J'avais des livres et j'avais mes amis les lapins au pelage si câlin. Je ne me lassais pas de les voir froncer le nez. J'aimais leur donner des raves à grignoter. Je leur tirais un peu les oreilles. Je les croyais d'une patience infinie. Ils se contractaient sous mes caresses. En réalité ils avaient peur et je les embêtais.

Dans la grande salle, outre l'armoire avec des coquilles Saint-Jacques sculptées sur les portes, outre le vaisselier avec ses assiettes imagées qui ne servaient jamais, il y avait une horloge à balancier, le grand luxe du mobilier. Comment ces anciens domestiques en avaient-ils été pourvus ? Legs du baron, encore ? Sans doute. On imagine mal qu'ils puissent avoir disposé d'un aussi précieux meuble dans leur réduit du château. L'horloge, dans son coffre en bois de merisier, sonnait les heures et les demi-heures. Le balancier représentait un paon à la queue déployée, vert et or. Je ne me lassais pas d'écouter battre le cœur de ce meuble, de regarder la queue du paon osciller de gauche à droite, inlassablement. Il me faudra beaucoup d'années pour voir, *en vrai,* un paon, dans je ne sais quel parc. Mais aucun ne sera plus magique que celui de la grande salle, enfermé dans sa caisse vernissée.

Sur la huche à pain, deux pistolets d'arçon, étranges, inquiétants. Il m'était interdit de les toucher. D'où venaient-ils ? Vraisemblablement, aussi, du château. Vestiges de la Grande Guerre, c'est-à-dire celle de 93 ? J'ai souvent interrogé grand-mère à leur sujet. Elle ne voulait pas répondre. Elle se contentait de me dire de ne pas y toucher.

De quelle histoire, de quelle filiation, étaient-ils issus ? Et ces yeux bleus de grand-père, si rares dans cette Vendée aux yeux noirs ou bruns, de qui les tenait-il ?

Si les origines de grand-mère sont toujours demeurées obscures, on ne cachait pas que grand-père était un enfant trouvé. Trouvé où ? Et par qui ? Arrivé comment au château ? A quel âge ? Mystère. Ces deux êtres si simples, si directs, demeuraient, quant à leurs origines, bien discrets. Mais peut-être, eux-mêmes, ne savaient-ils rien. On gageait les enfants si vite, à peine commençaient-ils à marcher qu'ils devenaient gardeurs d'oies ou de chèvres. On les revendait le jour de la Saint-Jean ou de la Saint-Michel, dans ces grandes foires aux domestiques où leurs nouveaux maîtres les évaluaient comme du bétail, tâtant les muscles des garçons, reluquant la beauté des filles. On les louait pour quelques sous, heureux qu'ils étaient d'être assurés d'une soupente et de la nourriture.

Aussi, chez le baron, dont ils conservaient un si bon souvenir, revenaient-ils de loin, de si loin qu'ils s'étaient exercés à oublier leur enfance, si l'on peut parler d'enfance pour des enfants gagés.

3

La manière de se coiffer indiquait les conditions sociales. Les bourgeois, et ceux qui aspiraient à l'être, portaient un chapeau, de feutre l'hiver, de paille l'été. Les ouvriers portaient une casquette, les employés un béret. Pour les femmes, la coiffure était plus complexe. L'extravagance des chapeaux, leurs ornements, la qualité du tissu, marquaient le rang. Ma mère aimait ses petits chapeaux, sans cesse retapés, mis à la mode par la modiste. Des petits chapeaux qui n'avaient l'air de rien, qui n'accrochaient pas le regard. Des chapeaux neutres. Grand-mère, comme la plupart des femmes venues de la campagne, se couvrait la tête d'une coiffe blanche, en tulle transparent. Il y avait autant de formes de coiffes que de cantons. La forme de la coiffe dévoilait d'où l'on venait, de quelle tribu on était issu. Mais la « grisette » de grand-mère, coiffe commune dans la région de Fontenay, ne révélait, là encore, aucune indication de parenté.

Lorsqu'elles abandonnaient la coiffe, qui

demandait trop d'attention, cette coiffe fragile, salissante, difficile à nettoyer et à repasser, les femmes cachaient leur longue chevelure sous un fichu de couleur vive. Et celles qui se laissaient aller, celles qui n'attendaient plus rien de la vie, celles qui s'en fichaient du qu'en dira-t-on, et qui ne se mettaient rien sur la tête, on les appelait avec mépris « les femmes en cheveux ».

Bien oubliées les années de déchéance avec la vache en vaine pâture ; à Fontenay grand-mère tenait son rang. Sa coiffe impeccablement blanche posée sur ses cheveux tirés en chignon, ses jupons soigneusement repassés, ses sabots vernis, son ombrelle brodée les jours de soleil, elle avait l'air, lorsqu'elle traversait le pont des Sardines pour se rendre dans les magasins de la rue des Loges, de sortir, toute proprette, du château du baron.

Cette coiffe qui paraissait toute neuve, cette ombrelle, ces jupons noirs qui lui descendaient jusqu'aux talons, en étonnaient plus d'un (plus d'une) dans la rue populaire des Loges où les femmes en cheveux étaient nombreuses. Mais on lui pardonnait de faire un peu de manières, parce que l'on savait que les anciens domestiques prennent les lubies des maîtres et qu'elle restait familière, malgré tout, avec le monde.

Comment vivaient-ils ? De quelles ressources ? Puisque les domestiques ne dépensaient rien, même s'ils gagnaient peu, ils plaçaient leurs économies et finissaient par disposer de quelques deniers. Quant à ma mère, elle recevait en pension de veuve la demi-solde de mon père. L'un dans l'autre, ils arrivaient à joindre les deux bouts.

Il y avait alors une certaine gratuité des choses. Disons que l'on montrait peu d'exigence, que l'on se contentait de peu, que l'on se croyait riche avec presque rien. Les vêtements, sans cesse reprisés, rapiécés, semblaient éternels. Les animaux de la basse-cour se multipliaient chaque année. On mangeait les plus vieux. On avait des œufs, petits, pas nombreux, mais de quoi néanmoins faire de temps en temps une omelette que l'on étoffait en la bourrant de morceaux de pommes de terre.

On ne vient pas de la campagne sans emporter de la terre au bois de ses sabots. L'ancien cocher, peu enthousiaste, s'était mis à cultiver une parcelle dans les horts, qui assurait à la maisonnée de quoi ne jamais acheter ni légumes, ni fruits.

Une petite vigne constituait un luxe dont il se gobergeait. Lui qui n'avait jamais travaillé la terre, mais que des générations paysannes reliaient secrètement aux habitudes et aux outils de la paysannerie, retrouvait avec un savoureux plaisir sa pioche et sa serpe cachées dans un fourré. Éventrer le sol lui causait une étrange jouissance. Retourner les mottes de terre, les casser, les émietter, tout cela ne lui rappelait rien. Pourtant il sentait au bout de ses doigts comme un frémissement.

Il soupirait, s'épongeait le front et sarclait entre

les ceps les pieds des arbres fruitiers qui donneraient des pêches de vigne et des poires d'automne. Il aimait bien les arbres, à condition toutefois qu'ils offrent des fruits comestibles. Les autres pouvaient être tolérés pour les haies. Pour l'ombre aussi, quand même !

Il soignait avec plaisir son enclos, arrachait la porrette sauvage, qu'il appelait poireau-de-chien et qu'il aimait manger cru ; consolidait avec des fils de fer les échalas ; redoutait les gelées de printemps, comme les pluies humides amenant le mildiou et la grêle d'automne qui massacrait les grappes.

Lorsqu'il apercevait un duvet blanc ou violacé sur les feuilles, il s'attristait, confectionnait en toute hâte d'étranges mixtures en bouillies et sulfatait soigneusement en juillet, taillait à la serpe les sarments trop abondants en août, vendangeait en septembre.

De tous ces soins résultait une piquette qui ressemblait vaguement à du vin.

Il le conservait en barriques dans le sous-sol de l'étroite maison de la rue des Orfèvres, passait beaucoup de temps dans cette cave, soutirant son vin pour le goûter, vérifiait s'il ne tournait pas en vinaigre et en remontait à la fois éméché et confus. Confus de devoir affronter le regard consterné de son épouse.

Bien que, comme pratiquement toutes les femmes de son temps, elle subissait comme une fatalité le penchant de son homme à lever le coude. Au château, déjà, il s'enivrait trop souvent avec le baron qui venait le retrouver aux cuisines. Combien de fois, le cheval et son attelage rentrèrent-ils seuls, le maître et le valet cuvant leur vin dans un fossé au retour d'une trop joyeuse virée chez les métayers. De cette complicité alcoolique résulta sans doute l'heureux paragraphe testamentaire.

Aux voisines qui plaisantaient parce qu'elles avaient vu son homme rentrer en titubant, grand-mère répliquait avec une certaine fierté :

— Il boit, mais il n'est pas méchant.

Si bien que les commères, si souvent battues au retour des bistrots, enviaient l'ancienne chambrière, si chanceuse.

Il n'empêche que grand-mère détestait cette vigne qui produisait plus de vin que son mari n'en pouvait boire, même s'il buvait beaucoup pour que rien du fruit de son travail ne se perde. Dans la maisonnée, il était, bien sûr, le seul à siroter du vin. C'était du gaspillage. Lorsqu'elle jugera le moment propice, grand-mère y mettra fin.

Car cette femme minuscule avait une énergie telle qu'elle menait la maisonnée à sa guise. Près d'elle, ma mère existait à peine. Si bien qu'en réalité grand-mère fut la vraie mère de mon enfance, sa fille, si effacée, prenant plutôt auprès de moi le rôle d'une grande sœur.

Nous étions perchés, dans notre deuxième étage, comme les poules sur leur juchoir.

Dès que j'étais levé, je me précipitais dans l'escalier, étouffant mes pas lorsque je passais devant le logement du premier, craignant de voir apparaître le locataire sous-off dans son uniforme, n'arrivant pas à le considérer autrement que comme le fantôme de mon père.

Grand-mère avait fait chauffer un bol de Banania, mis à tiédir. Les rôties étaient prêtes. Grand-mère me saisissait, me portait à son cou. Jusqu'à quel âge me suis-je niché sur le corsage de cette femme ? Elle me promenait dans la cour, me présentait au roi des lapins et à Monsieur le coq. Je trépignais d'aise. Jusqu'à quel âge ? Le fait que je m'en souvienne encore, que je me voie m'agripper sur son sein peu rebondi, me donne à penser que je me cachais mon âge afin de prolonger au plus loin ma petite enfance.

Ma mère arrivait un peu plus tard, traînant ses

savates. Elle avait mal dormi, se plaignait de douleurs d'estomac, de migraine. S'affalait sur une chaise. Me portant toujours à son cou, grand-mère préparait pour sa fille une tasse de chicorée au lait. Pas de café, trop cher, trop bourgeois et qui agaçait les nerfs.

Les tisanes, dont elles faisaient grand usage, avaient l'avantage de soigner tous les maux et d'être gratuites. Gratuites parce qu'on les récoltait soi-même et que toutes ces plantes étaient données à qui les voulait, libres de cueillette.

J'accompagnais les deux femmes dans leurs virées qui se prolongeaient parfois très loin, dans les prairies qui longeaient la rivière.

Nous n'allions jamais nous promener. Nous partions en maraude. En chemin, nous récupérions tout ce qui traînait : bouts de ficelle, vis, écrous, pointes et surtout les pièces de monnaie. Grand-mère, qui ne regardait jamais autour d'elle, les yeux fixés au sol, avait le don de découvrir dans la poussière le moindre centime.

Elle avait aussi en tête une géographie précise de tous les coins où l'on trouvait quelque chose à glaner : le chemin au pourpier, le talus de la bourrache, le fossé à la menthe, le sous-bois aux champignons, le ruisseau au cresson. Ce cresson que nous ne mangions pas et avec lequel grand-père se nettoyait les dents.

Le tilleul était cueilli tout près de la rue des Orfèvres, dans les arbres odorants de la place des

Halles. Ils offraient des fleurs à foison, d'une odeur entêtante. Les paniers étaient bientôt pleins.

Ma mère s'abîmait l'estomac avec toutes ces tisanes.

4

Grand-mère, si fluette, prenait une telle place dans la maison, une telle place dans mon enfance, qu'elle en reléguait ma mère dans un coin. Quant au grand-père, il était carrément relégué dans sa vigne, dans sa cave et dans son jardin.

Depuis qu'il vivait à Fontenay, il ne s'était pas fait d'amis. Un cocher sans cheval est comme un aristocrate tombé dans la roture. Grand-père évitait de passer devant la forge du maréchal-ferrant, contournait l'atelier du bourrelier. L'un et l'autre avaient eu sa pratique lorsqu'il conduisait le baron dans de jolis attelages. L'avait-il pris de haut lorsqu'il leur accordait sa clientèle ? En tout cas, aujourd'hui, ils se vengeaient par leurs plaisanteries.

Piéton humilié, poussant dans les rues de la ville sa brouette, grand-père évitait les rencontres.

Les chevaux lui manquaient.

Sur le champ de foire se tenaient à des dates fixes de grands marchés aux bestiaux. Toute la ville en était remuée. La paysannerie d'alentour se déversait périodiquement à Fontenay, encore ville campagnarde. Les bœufs, les chèvres, les moutons passaient plus souvent dans les rues que les rares voitures automobiles. Quant aux chevaux, ils assuraient tous les transports. On en était toujours à la civilisation du cheval et des couples de bœufs tirant lentement leurs charrois.

Je ne me souviens pas d'avoir accompagné grand-père quelque part, sinon une fois, une grande fois, une sorte de folie qui le prit. En cachette de sa femme et de sa fille.

Il m'avait dit en secret : « Demain matin, je t'emmène. Avant que tout le monde soit levé. Débrouille-toi pour te réveiller à l'angélus. Entre nous, hein ! Ne le répète à personne. Tu verras. Tu t'en souviendras quand tu seras grand. »

Je ne suis pas grand, mais je m'en souviens.

J'étais descendu du second étage, pieds nus, mes souliers à la main. Grand-père, à la porte de la rue, me prit la main, ce qu'il n'avait jamais fait, et nous sommes partis pour le champ de foire.

L'aube se levait. Dans la ville endormie on entendait le piétinement des fers sur la chaussée. En débouchant sur le Pont-Neuf, des caravanes d'étalons et de juments apparurent, attachés à la queue leu leu. Des hommes en blouse bleue les menaient, qui avaient parcouru à pied, dans la nuit, les quarante ou cinquante kilomètres des lieux d'élevage à la ville.

Les cafés ouvrirent bruyamment leurs volets. Loin des lanternes guidant vendeurs et acheteurs vers des tables où le vin blanc les attendait dans des cruches en grès rouges, grand-père, qui me serrait la main si fort, les observait. Il repérait les maquignons, lanières de fouet autour du cou. Comme nous étions restés longtemps immobiles, je levai la tête pour regarder grand-père et je vis une larme qui lui coulait le long du nez, disparaissant dans sa moustache.

— Pourquoi tu pleures ?

Il haussa les épaules, rectifia :

— Mais non. C'est la fraîcheur du matin qui m'enrhume.

J'ai compris plus tard qu'il était blessé de n'être pas de la fête.

Le jour se levait. Une foule entourait les chevaux, énervés par leurs entraves. Nous étions à demi cachés sous un haut marronnier. Grand-père repérait de loin l'animation de la foire, les marchandages, les allées et venues.

Des mendiants, des vagabonds, rôdaient autour des auberges. Des bohémiens, qui tentaient de s'introduire sur le champ de foire, étaient chassés par les maquignons aux sarraus noirs, qui les menaçaient de leurs bâtons.

— Tu vois, me dit grand-père, on boute dehors les romanichels et pourtant, à la fin du marché, on sera bien content de leur refiler les haridelles écorchées par les harnais, tous les chevaux de rebut, juste bons à être saignés par les sangsues du marais. Les romanichels achèteront finalement tous les laissés-pour-compte, les bêtes dont personne ne veut, tellement leurs défauts sont apparents. Ils sauront les maquiller et les revendre ailleurs. Ni vu, ni connu.

J'en avais plein les yeux et les oreilles. Quel tapage ! Quelle animation ! Quelle foule ! Moi, si solitaire rue des Orfèvres, je n'en revenais pas de cette cohue.

Les étalons hargneux, les poulains affolés, les fouets qui claquent. L'acheteur qui ausculte le cheval convoité, regarde l'œil, les dents, les articulations, la corne des sabots ; évalue l'âge, fait trotter, dénoue les crins de la queue s'il accepte.

Grand-père remarquait tout ça, me désignait les chevaux qui reculaient, tournaient, petits chevaux dociles, aux reins solides, destinés à manœuvrer dans les cours de ferme. Il me montrait du doigt les percherons gris, énormes ; les vieux chevaux paisibles marchandés par les viticulteurs des Charentes et qui devront s'accommoder des vignes en pente.

Grand-père serrait ma petite main dans sa grosse poigne à me faire mal. Il me tirait, m'entraînait dans une randonnée chagrine autour du champ de foire ; tournait, s'approchait, s'éloignait prestement, comme s'il redoutait je ne sais quoi. Ne parlait plus.

Ah ! comme il avait parlé, lui qui ne causait pas. Et jamais plus il ne sera aussi bavard avec moi. Ni sans doute avec personne.

Brusquement il resta immobile, me relâcha la main.

Intrigué, je le regardai. Des larmes coulaient de ses deux yeux. Décidément, il était très enrhumé.

Arrivés à la maison, il me demanda d'enlever mes chaussures et de remonter pieds nus, sans bruit, près de ma mère, qui ne s'était pas aperçue de mon absence.

Il y avait aussi, chez cet homme, des trésors de tendresse que je n'ai pas su découvrir. Il ne m'a plus jamais parlé de chevaux. Je crois bien qu'il m'en a voulu de l'avoir vu pleurer.

En fait, quel âge avaient-ils lorsque j'avais six ans? Quel âge avaient-ils, lui et elle? Les petits enfants voient toujours les adultes comme des ancêtres. Toutefois, il me semble que mes grands-parents, si je les compare aux autres habitants de Fontenay, à la même époque, gardaient une allure d'un autre temps. En abandonnant sa livrée de cocher pour adopter les vêtements classiques du jardinier qu'il s'efforçait d'être, grand-père en rajoutait. Son grand tablier bleu ficelé sur le ventre, ses gros sabots en bois clair, sa casquette plate à carreaux, ses moustaches gauloises, sa brouette qu'il poussait en traversant la ville, du jardin à la maison, son absence de familiarité qui allait jusqu'au mutisme, en faisaient un personnage pittoresque. On ne l'appelait que le père Constant. Car il se prénommait Constant, et grand-mère, Léonie.

Sur les rares photos qui me sont parvenues, grand-mère est immuable. Le plus ancien portrait, piqueté de taches d'humidité, comme des chiures de mouches, est une photo de grand-père et de grand-mère, debout, avec entre eux une petite fille engoncée dans une robe bouffante. Grand-père a belle allure dans son costume noir, le cou serré dans un faux-col, une chaîne de montre sur le ventre. Avec sa belle moustache, ses cheveux rabattus sur le front, il ne ressemble pas du tout à un jardinier, mais à un paysan cossu.

Grand-mère, telle je l'ai toujours vue, est enveloppée d'étoffes, du cou au sol. Sur ses cheveux noirs, impeccablement lissés, elle a posé, bien sûr, sa coiffe grisette. Ses mains posées sur le ventre, son regard fixe est très vif.

Quel peut bien être leur âge? Encore jeunes, sans doute, mais qui le croirait? Beaux, d'une beauté de chromo d'autrefois.

Plus récente, une photo du mariage de mes parents. Au premier rang, près de sa fille, grand-mère porte toujours la même coiffe, le même corsage noir serré sur la poitrine, le long jupon qui la gaine jusqu'aux pieds. On remarque son air, à la fois placide et conquérant. L'air de quelqu'un qui ne croit pas que la vie soit une friandise, mais qui n'a peur de rien.

Ils n'étaient pas les seuls à conserver cet aspect vieillot à Fontenay, mais ceux qui leur ressemblaient étaient déjà rares. Leur démarche étrange, lente, un peu maniérée, qu'ils avaient gardée de la domesticité, les différenciait un peu plus.

Donc je les ai toujours vus vieux, très vieux,

d'une autre époque, beaucoup plus vieux que ma mère, la grande sœur moins démodée.

Être élevés par des vieux n'a rien de désagréable. Bien au contraire. Les grands-parents ont plus de tendresse, plus de patience. Ils vous placent, dès vos débuts dans la vie, en dehors du temps, en dehors de l'agitation des plus jeunes. Ils vous apprennent, insensiblement, l'intemporalité.

La coiffe de grand-mère me fascinait. Comme elle ne la portait pas à la maison, la coiffe restait en attente dans la chambre obscure, sur la commode, enserrant une boule de bois qui ressemblait à une tête. Le tulle, les dentelles qui formaient cette coiffe, étaient d'une extrême fragilité. Rien de commun avec un chapeau, aussi précieux fût-il. Une fois par semaine, grand-mère, pendant des heures, repassait méticuleusement les méandres de sa coiffe avec des fers étroits qui ressemblaient à des couteaux. Elle l'ajustait sur ses cheveux ramassés en pelote.

Il existait des repasseuses de coiffes aux tarifs trop élevés pour elle. Mais n'attachait-elle pas trop de prix à sa grisette pour la confier à des mains étrangères ?

Ils ne savaient pas, je ne savais pas non plus, qu'ils étaient presque des spécimens. De toute manière, ne sommes-nous pas tous destinés à devenir des archives ?

5

Quand je dis que grand-mère, « le commandant », portait la culotte, c'est façon de parler. Car un jour où nous étions partis aux champignons, dans les prairies en amont de la rivière, je remarquai avec un certain étonnement grand-mère qui se tenait debout, les jambes écartées, immobile, soulevant légèrement ses jupons. Ma mère me poussa du coude et me chuchota à mi-voix, l'air amusé :

— Elle fait pipi debout parce qu'elle n'a pas de culotte.

J'étais stupéfait. Non parce qu'elle n'avait pas de culotte, car sous son harnachement de jupes, lui en fallait-il ; mais parce qu'elle pissait comme une vache. Comment aurais-je pu penser que grand-mère dépendait de besoins aussi vulgaires, qu'elle avait un corps, comme tout animal, et des chairs sous un tel amoncellement de cotillons.

Grand-mère, soudain, cessait d'être une image.

Pire ! Un jour que la jeune femme du sous-officier locataire du premier étage était descendue chez mes grands-parents pour leur raconter je ne sais quoi, je remarquai que, où elle passait, des gouttes de sang maculaient le plancher, formant une trace, une ponctuation, comme les cailloux du Petit Poucet. Personne ne les ayant vues, je dis :

— La dame s'est coupée.

On se précipita, on examina les taches de sang et les deux femmes se montrèrent choquées, outrées d'une telle désinvolture. Et, là encore, j'entendis que la dame du premier n'avait pas de culotte, ce qui ne les scandalisait pas outre mesure ; par contre elles ne toléraient pas son absence de précautions au moment de « ses époques ».

Rien d'anormal, ni d'inquiétant, dans le sang. Sinon qu'il existait du bon sang et du mauvais sang. Le sang de la voisine était plutôt de la seconde catégorie, un sang honteux, un sang qui, normalement, doit être caché.

Pourtant, on vivait avec une présence constante du sang : les mains de grand-mère ruisselaient du sang des poulets égorgés, des lapins éborgnés, des doigts blessés par les couteaux de cuisine. Il y avait souvent du sang sur les mains de grand-père, écorchées par les outils ou les ronces. Sang de mes genoux égratignés par les chutes sur les cailloux, sang du nez qui saigne, sang des mouchoirs de mon père dont la toux déchirait les poumons. Sang des roses qui perle des épines lorsque l'on s'y pique les mains.

Le monde était moins aimable qu'il ne paraissait. Et les femmes (et les hommes) tributaires de leurs organes qui, parfois, saignaient.

Arrive un moment, au cours de l'enfance, où l'opacité des adultes se déchire, où l'on aperçoit l'autre versant de la vie, ses labyrinthes, ses chambres obscures, ses larmes. Un monde sanguinolent, tremblotant, frileux, pisseux. Le monde, quoi !

Depuis toujours les pauvres humains s'en protègent, ou croient s'en protéger, par la pratique religieuse. Rares, très rares, les habitants de Fontenay qui n'observaient pas les préceptes de l'Église. Pourtant, juste en face de notre maison, dans un café, l'impiété s'étalait sans vergogne. Le cafetier, petit homme tout rond, le visage couperosé orné d'une barbiche de chèvre, me paraissait l'incarnation du diable. Pour donner encore plus de véracité à son portrait, il boitait. Or, chacun sait que le diable boite. Comme les clients étaient rares dans la journée, il passait son temps sur le seuil de sa porte, pour narguer le monde, me disait ma mère. Mais grand-mère n'aimait pas que l'on se moque de cet homme qui avait ses idées, que personne n'était obligé d'admettre.

De toute façon, la religiosité n'étouffait pas ma parentèle. Chez nous, comme dans beaucoup d'autres foyers, on s'efforçait d'observer les Commandements de Dieu, mais on se montrait moins strict avec ceux de l'Église.

Difficile néanmoins d'y échapper puisqu'ils vous enveloppaient de la naissance à la tombe.

Il fallait le courage ou l'inconscience du cafetier impie pour oser sortir du rang.

Les journées étaient ponctuées par les sonneries des cloches de l'angélus, les années par la multiplicité des fêtes religieuses. Le dimanche, nous allions bien sûr à la grand-messe, ce qui impliquait une préparation à la fois lente et tumultueuse. Ma mère pignait comme une petite fille parce qu'elle ne retrouvait plus ses affaires, parce qu'un ourlet était décousu, une manche déchirée. Quant à grand-père il soufflait comme un bœuf, engoncé dans son costume noir de cérémonie, bataillant avec son faux-col empesé dont il n'arrivait pas à fermer le tibi. Un tumulte inhabituel troublait la quiétude de la maison, sans arriver à émouvoir grand-mère, imperturbable, s'occupant avant tout de sa coiffe et du repassage de ses cotillons.

Grand-père et grand-mère, bras dessus, bras dessous, ma mère me donnant la main, nous montions la rue très raide qui conduisait à l'église Notre-Dame. Au passage, dans toutes les maisons les portes s'ouvraient et les familles endimanchées prenaient le même chemin que nous.

Aussitôt le porche de l'église franchi, sous la nef, à gauche, nous nous dirigions vers un amoncellement de chaises. Moyennant quelques sous, nous obtenions des sièges que nous allions placer où l'on pouvait, dans la cohue des arrivants.

J'aimais l'orgue, qui éclatait dans un bruit de tonnerre, ses soupirs, ses glissandi, ses fureurs. Je regardais, effaré, les allées et venues des prêtres, devant l'autel, chamarrés dans leurs chasubles comme de gros scarabées. Les prières, les chants, l'encens, les invocations, les répons, tout cela prenait une allure de sortilège.

Sanglé, boudiné, mal à l'aise, grand-père se tenait très droit, sauf lorsque le curé montait en chaire pour le sermon. Recroquevillé sur sa chaise, il s'endormait jusqu'à ce que grand-mère le réveille d'une bourrade parce qu'il se mettait imprudemment à ronfler.

Nous n'allions pas aux vêpres, ni aux saluts des fins de journée, ni aux retraites. Grand-mère trouvait que l'assiduité à la messe du dimanche suffisait bien. Seule la Fête-Dieu l'exaltait. Mais il est vrai qu'à cette date, tout Fontenay s'éveillait, cassait ses habitudes. Dans cet ancien monde, où la préoccupation générale était d'abord, comme on disait, de gagner sa vie, les jours de certaines fêtes, qui paraissaient grandioses, et qui l'étaient en effet dans le contexte de l'époque, notre petite ville faisait une pause. On ne se préoccupait plus que de gagner son ciel.

Oui, la Fête-Dieu méritait bien son nom.

D'abord les maisons, les immeubles, les magasins disparaissaient tous derrière de grands draps de lit. Les rues devenaient des corridors d'une blancheur stupéfiante. Sur ces tentures immaculées s'épinglaient des roses écarlates, une infinité de roses, apportées par la population entière.

On saccageait les jardins, les massifs, le parc de la mairie. Jamais on n'aurait pu penser que tant de rosiers n'attendaient que ce jour pour fleurir.

Les cloches de l'église carillonnaient joyeusement. Il faisait beau, un beau temps sec des premiers jours de juin. Personne ne reconnaissait sa ville, si endimanchée, toute vêtue d'une immense robe blanche ensanglantée.

A l'exception du café, face à notre maison, qui restait « en civil », disait grand-mère. Mais le cafetier ornait néanmoins, ce jour-là, ses fenêtres de drapeaux rouges qui s'accordaient au pourpre des autres immeubles, mieux sans doute qu'il ne l'imaginait.

Nous regardions passer la procession qui allait de reposoir en reposoir. Car chaque quartier dressait des échafaudages de poutres et de planches masqués par des tentures et une abondance de fleurs. A ces reposoirs, le clergé s'arrêtait et brandissait un ostensoir qui, dans le soleil, brillait comme Dieu lui-même. Élevé à bout de bras par le prêtre, l'ostensoir miroitait. Cette magnificente pièce d'orfèvrerie me rappelait la queue du paon dans l'horloge de mes grands-parents.

Nous regardions passer la procession, et moi j'enviais ces garçons et ces filles qui portaient des paniers emplis de pétales de roses. Ils les lançaient dans la rue, à la volée. Le sol se transformait en un tapis d'églantines.

Le lendemain, Fontenay prenait un air de désolation. Les draps pendouillaient sur les façades et l'on y remarquait des reprisages grossiers et des épingles de nourrice, invisibles la veille. Les roses, flétries, devenaient déchets. La pluie menaçait. Il fallait balayer les rues, démolir les reposoirs, reprendre le train-train de la vie coutumière.

Puisque l'on aimait que rien ne se perde, grand-mère, ainsi que la plupart des autres femmes, récupérait dans la rue les pétales de roses qu'elle ferait sécher et qui serviraient, en décoction, pour les maux d'yeux.

Car on était encore en un temps où l'on se soignait soi-même, avec des remèdes immémoriaux. On n'appelait le médecin, personnage énigmatique et trop bourgeois, qu'à la dernière extrémité. Comme le médecin, par là même, arrivait toujours trop tard et que le malade mourait, la preuve était ainsi fournie qu'il ne servait à rien. Alors que les rebouteux vous remettaient les os en place, que le toucheux, ou la dormeuse, tous les guérisseurs, guérissaient.

On avait soi-même ses manies de régime. L'important était de tuer les vers qui vous escagassaient l'intestin, le foie, l'estomac et tous les viscères. Grand-père assaisonnait toujours sa soupe aux choux d'une lampée d'eau-de-vie, le tue-ver. Il se moquait de sa fille qui refusait un tel expédient. Résultat, j'avais des vers qu'il me fallait éliminer avec de déplaisants purgatifs.

Grand-père rapportait aussi, on ne sait d'où, de mystérieuses herbes sauvages qu'il mélangeait à sa salade, disant qu'un mangeur d'herbes n'avait pas besoin d'autre médecine.

Grand-mère se méfiait de ses extravagances, se contentant de ses innombrables tisanes dont les feuilles emplissaient les pots de terre empilés sur le dessus de la grande armoire.

A l'exception de la Fête-Dieu, où la divinité sortait de l'église et se répandait dans toutes les rues, Dieu demeurait très lointain, inaccessible. A tel point qu'on le craignait moins que le tonnerre et même que le gendarme. Non pas que mes grands-parents aient eu quoi que ce soit à se reprocher, mais il restait ancré dans le plus profond de soi-même une peur immémoriale de la maréchaussée. Combien d'ancêtres pendus pour des lacets posés sur le domaine du seigneur? Combien d'ancêtres bastonnés pour n'avoir pas levé assez vite son chapeau lorsque passait le maître? Combien d'ancêtres enrôlés de force chez les soldats du roi, ou de la république?

Dieu était trop lointain. Heureusement restaient les saints. Sainte Barbe qui protégeait de l'orage, saint Médard qui faisait tomber la pluie. On redoutait les saints de glace (Mamert, Pancrace et Gervais) et les saints grêleurs. Tous les corps de métiers honoraient leurs saints patrons : saint Vincent pour les vignerons, saint Honoré pour les boulangers, saint Crépin pour les cordonniers, etc.

Sans cette familiarité des saints, la religion n'aurait pas été supportable.

Les saints, et les cantiques chantés à pleins poumons.

Le curé parlait à Dieu en latin. Ses ouailles imploraient le Seigneur en français, voire en patois.

On s'arrangeait comme on pouvait, avec ce qui vous était imposé de Très-Haut.

On s'arrangeait et tout n'allait pas si mal. Pourquoi faut-il que ceux qui nous gouvernent s'ingénient à détraquer le temps ?

6

Sans doute mes grands-parents disposaient-ils d'une petite rente, octroyée par le baron pour tant de services rendus et peut-être pour d'autres motifs moins avouables. Avec cet avoir ils pensaient être tranquilles jusqu'à la fin de leurs jours. Les fruits du jardin, de la vigne et de la basse-cour, leur permettaient de ne pas toucher à ce capital. Or, à plusieurs reprises, ils s'aperçurent que cet « argent de côté » fondait. Ils n'arrivaient pas à en comprendre le pourquoi jusqu'à ce que le sous-off, locataire du premier étage, leur explique que, par un phénomène d'inflation, l'argent se dévaluait.

— Mais cent sous restent toujours cent sous, répliquait grand-mère.

— Ce que vous pouviez acheter hier avec cent sous, il vous faut aujourd'hui dix francs pour l'obtenir. Peut-être demain en faudra-t-il vingt ?

— Alors, répliqua grand-mère, qui avait l'esprit vif, allez-vous me payer plus cher le loyer ?

Le sous-off s'offusqua, répliquant que sa solde, elle, n'augmentait pratiquement pas, que le loyer, au contraire, devrait diminuer.

C'était le monde à l'envers.

Cet argent, mis de côté pour leurs vieux jours, et sans doute aussi pour leur fille dépendante de sa maigre pension de veuve, et sans doute aussi pour élever le petit, cet argent allait fondre, sans que l'on puisse rien faire pour en arrêter la chute. Les maîtres de là-bas, des grandes villes, de Paris, bien plus puissants que le Dieu du curé, décidaient de l'avenir des gens, décidaient qu'un sou ne valait plus un sou. On vous étranglait par procuration.

Grand-mère, pas née de la dernière pluie, savait que le malheur annoncé s'abat sur vous comme la grêle. Qu'il fallait mieux se mettre à l'abri. Leurs rentes, si dérisoires qu'en dire aujourd'hui le chiffre ne ferait même pas sourire de pitié, leur permettaient néanmoins d'ajouter du beurre dans la potée de choux verts, d'acheter de la viande de boucherie pour le dimanche. Elles donnaient l'illusion du luxe.

Le luxe de grand-père, c'était sa vigne. Elle fut prestement vendue. Il cassa de rage la serpette qu'il aimait tant manier pour la vendange. Revint en titubant. Se fit une plaie au front en tombant la tête la première dans la cheminée, heurtant les lourds chenets de fonte.

On le pansa. On le coucha dans la chambre obscure sous les gros édredons. La mère et la fille s'interrogeaient, ne comprenant pas comment il avait pu retourner saoul d'une vigne dont les raisins n'étaient pas encore mûrs.

L'explication se fit plus tard, lorsque l'on sut qu'il se rendait tous les dimanches après-midi au Café du Cerf, sous prétexte d'y jouer à la coinchée et qu'il en sortait, ne tenant plus debout. Puisqu'on lui enlevait sa vigne et sa cave, il s'offrait une compensation. Coûteuse. Comme quoi il est bien difficile de faire des économies.

Dans notre petite ville, la frugalité nous semblait naturelle. Comme l'appétit pour les aliments les meilleur marché. On n'avait pas l'impression de se priver. On n'achetait pas des sardines à défaut de homard, puisque nous ignorions le homard, et que les sardines évoquaient l'abondance. La sardine, sur le pont des Sardines, donnait à notre quartier un air de fête dès qu'arrivaient les Sablaises, avec leurs paniers d'osier couverts de fougère, avec leurs coiffes en énormes ailes de papillon, avec leurs petits sabots noirs à talons et leurs jupes plissées, très courtes, sur d'affriolants bas noirs.

Les Sablaises, leur air mutin, la manière provocante dont elles criaient : « A la fraîche ! A la fraîche ! » vendaient leurs sardines à la douzaine et, en même temps, donnaient un spectacle dont personne, surtout les hommes, ne se lassait. Elles apportaient chaque soir un air d'ailleurs, l'air de la mer si proche et, pour beaucoup qui n'avaient jamais vu l'Océan, un évident exotisme.

Ces petits poissons brillants, à l'odeur de marée, humectés de sel marin, grillés au feu de bois dans la cheminée, constituaient une friandise dont on ne se fatiguait pas.

Ma mère, ayant découvert avec stupeur la mer à Marseille lorsqu'elle suivit son mari dans le port où il rejoignait sa garnison, m'offrit cette attraction en m'emmenant une fois sur la côte charentaise, toute proche. Mais grand-mère ne connaissait pas d'autre pays que le bocage. Elle ne manifestait aucune envie de s'aventurer ailleurs. Le Marais poitevin, à quelques kilomètres de Fontenay-le-Comte, lui faisait peur, avec sa vase, ses serpents d'eau, ses entrelacs de conches et de biefs. La platitude de la plaine, son absence de chemins creux, de ruisseaux, de haies hérissées de chênes têtards, rien que d'y penser lui donnait des cauchemars.

Depuis qu'elle s'était installée à Fontenay, elle n'avait quitté la ville qu'une seule journée, pour aller en forêt de Mervent, toute proche, pèleriner à la grotte du Père de Montfort. L'ermitage, enfoui dans une profusion d'arbres, auquel on accédait par un sentier rocheux, lui laissa un souvenir confus. La forêt, comme le marais, l'effrayait. Elle disait :

— La nuit, les chiens s'y changent en loups.

Grand-père avait bien dû voyager pendant ses sept années de service militaire. De ces interminables déplacements à pied, barda sur le dos, il semblait ne rien retenir. Rien. J'ai eu beau l'interroger, il ne consentait à se souvenir que de son mal aux pieds, avec ces brodequins bien moins commodes que les sabots.

J'ai fini par comprendre que, dans leur sagesse, mes grands-parents, comme la plupart de leurs semblables, ne retenaient des épisodes de leur vie, que ce qui leur paraissait le plus agréable et le plus convenable. C'est pourquoi l'épisode du château, la familiarité du baron, demeuraient si présents qu'ils ne cessaient d'évoquer cette heureuse époque.

Arrivait le temps des vaches maigres. La vigne vendue permettait de voir venir. Même si le locataire du premier étage mettait de plus en plus de mauvaise volonté à s'acquitter de son loyer.

Ce militaire dans notre maison, toujours en uniforme, me causait un malaise bien légitime puisqu'il prenait la place de mon père. Non pas près de ma mère, la pauvre, qui, elle aussi, le fuyait mais, dans ce premier étage où nous avions vécu, il continuait à jouer, sans le savoir, le rôle déplaisant du fantôme.

Mieux aurait valu louer ce logement à des civils. Seulement, dans notre sous-préfecture, à part les sous-officiers des régiments coloniaux qui sollicitaient des appartements les reposant de la caserne, personne n'eût accepté un deux-pièces aussi sommaire.

Ces régiments coloniaux nous apportaient un exotisme sans cesse renouvelé. Après les Sénégalais, venaient les Tunisiens, puis les Malgaches.

J'accompagnais ma mère sur le pourtour du champ de foire et nous regardions les exercices de ces pauvres diables, malmenés par des sous-offs hurleurs.

Parfois les exercices se transformaient en spectacles lorsque les officiers imaginaient de reconstituer des batailles. Les soldats dressaient des tentes, mettaient les mitrailleuses en batterie, se couchaient à plat ventre, les fusils pointés. Et les officiers à cheval galopaient pour une imaginaire prise de douar. Toujours vainqueurs, ils paradaient ensuite dans les rues de Fontenay, faisant caracoler leurs chevaux.

En réalité, l'armée concurrençait rudement l'Église. A la Fête-Dieu répondaient les revues militaires, les défilés, les sonneries de clairon au monument aux morts. Et surtout, dans la nuit du 14 juillet, cette retraite aux flambeaux qui attirait toute la ville aux fenêtres.

Un bélier enrubanné ouvrait la marche des tirailleurs tunisiens, coiffés de leurs chéchias rouges. La musique de la clique sonnait de tous ses cuivres et tambours. Les soldats brandissaient des torches qui illuminaient les rues de lueurs mauves. Le cliquetis des baïonnettes, les pas cadencés, lourds, très lourds, et cette impression d'incendie, ce serpent de feu qui allait d'une rue à l'autre, quel contraste avec la Fête-Dieu!

Dans l'obscurité, les chevaux des officiers se cabraient. Les sabres, les éperons, toute cette quincaillerie sinistre résonnait lugubrement.

Le diable prenait possession de la cité. Chacun en avait bien conscience. Aux balcons, pas d'exclamations, pas de vivats. Chacun regardait passer le régiment avec malaise et crainte. Et grand-père n'était pas le seul qui osait rester enfermé, tournant le dos à la fête nocturne, faisant la nique à l'armée en buvant un canon.

Que pensait ma mère, quelles sensations éprouvait-elle, si timorée, si craintive, elle qui s'était laissé séduire par un militaire, devant ce déploiement de soldatesque ? Ses yeux brillaient d'un éclat que je n'aimais pas. Grand-mère fermait la fenêtre un peu trop bruyamment.

— Allons, viens, disait-elle à sa fille. Toutes ces simagrées vont te donner la migraine.

7

Exaltée par ces fanfares guerrières, la voix au-delà des murs chantait :

Malbrough s'en va-t'en guerre
Ne sais quand reviendra

Les années passaient et la petite fille, comme moi, grandissait. Comment était-elle ? Je l'imaginais courtaude et ronde. Sa voix flûtée ne correspondait guère à cet aspect. Où était-elle, derrière l'opacité de la muraille ? Les maisons voisines ouvraient sur deux commerces, une épicerie et une mercerie. Pas de fillette dans ces magasins. Alors, à revers, dans cet embarras de maisons qui donnaient du côté de la rivière, avec leurs cours encombrées de charrettes, de fardiers, de madriers et où un âne, attaché à un piquet, m'observait tristement de ses grands yeux jaunes... Non, pas de place, dans un tel délabrement, pour une petite fille à la si jolie voix. De plus, j'avais beau écouter de ce côté-là, on ne l'entendait jamais. Son chant parvenait seulement dans la cour de mes grands-parents, si clair, si mystérieusement proche.

Elle allait grandir, ressembler à Manon Lescaut, et se faire enlever par un de ces jeunes officiers qui nous toisaient, méprisants, en faisant trotter leurs chevaux.

Un pincement au cœur, mais quoi ? C'est du côté des Girondins que je regardais...

A la plus haute branche
Un rossignol chantait

La petite fille changeait de chanson. Je ne le savais pas. Je voyais ce rossignol « dans le jardin de mon père ». Mon père qui n'avait pas de jardin...

Chante, rossignol chante
Toi qui as le cœur gai

Dans la cour, grand-père élevait un merle, ramassé tombé du nid. Le merle voletait au-dessus des poules, se perchait sur l'arrosoir, le chaudron, pointait le bec à l'entrée du logement, dévisageait grand-mère, intrigué, n'insistait pas, se perchait dédaigneusement sur la corde à linge.

Plusieurs fois, le bel oiseau noir tenta de

s'envoler. Mais les murs étaient très hauts, la cour étroite. Dans ses élans, il se heurtait aux parois, retombait furieux. Lui non plus n'arriverait jamais à apercevoir la petite fille.

8

Rien n'est plus lent que l'enfance. Seul moment de la vie où l'on a hâte de vieillir. Rien ne sera plus jamais aussi lent que l'enfance de ce temps-là. Car ce n'était pas seulement l'enfance qui était lente, mais la vie tout entière, celle des adultes comme celle des enfants. On ne se montrait pas pressé de vivre sa vie, pas pressé de mourir. On prenait le temps. Rien n'allait vite, d'ailleurs. Ni les passants, ni les cavaliers, ni les attelages, ni même les automobiles. Toutefois, la lenteur commença à perdre pied de ce côté-là. Les volailles, au bord des routes, s'enfuirent en piaillant d'effroi ; les chiens, furieux, qui n'avaient pas montré la moindre hostilité pour les chars à bœufs, se mirent à vouloir mordre les pneus des voitures.

Depuis toujours les animaux d'attelage donnaient la mesure la plus rapide du temps. Depuis qu'il n'était plus cocher, grand-père mesurait son temps à la roue de sa brouette. On ne voyait jamais personne courir dans les rues, sauf si un danger quelconque se manifestait. Courir exprimait l'effroi. On courait s'il y avait le feu, un chien enragé, un voleur à poursuivre. Sinon, on marchait d'un pas lent, du pas appris dans la familiarité du bétail à mener au champ. Même si l'on n'avait jamais conduit un troupeau. Les ouvriers partaient au travail sans presser le pas. De toute manière, on n'était pas à une heure près et, le soir, on ne laisserait pas le chantier en panne. Plus extraordinaire, les ouvriers partaient au travail en chantant. Beaucoup chantaient en travaillant. Il n'y avait pas d'autre musique que celle que l'on faisait soi-même, pas d'autre chanson que celle que l'on chantait. Les femmes chantaient en faisant leur ménage, fenêtres ouvertes. Il n'y avait pas que la petite fille qui chantait, mais elle je croyais qu'elle chantait pour moi.

On appelait grand-père le père Constant, mais jamais grand-mère ne fut nommée autrement que Madame Léonie. Même lorsqu'elle devint laveuse. Les économies fondant, il fallut bien se donner un état. Grand-père ajouta à son jardin des heures de journalier pour les potagers des bourgeois. Et grand-mère, qui n'arrivait pas à arrondir sa bourse en plumant des volailles, se mit en quête d'obtenir des journées de lessive.

Si petite, elle déployait néanmoins une très grande force. Aussi décrocha-t-elle assez vite des commandes régulières. Elle partait toute la journée, car les blanchisseuses qui travaillaient dans la même maison, de sept heures du matin à sept heures du soir, étaient nourries et abondamment nourries, comme le voulait la tradition. Ces tâcheronnes exigeaient, pour ce dur métier, de la viande au déjeuner. La seule viande, le plus souvent, qu'elles mangeraient dans la semaine. Les employeurs s'y conformaient. On gavait la laveuse, comme si l'on craignait qu'elle s'épuise à la tâche.

Parfois, l'après-midi, j'allais retrouver grand-mère dans la buanderie du pharmacien, ou du droguiste, ou de l'horloger. La lessiveuse en tôle galvanisée pour faire bouillir le linge dégageait dans le réduit une chaleur moite. Grand-mère coulait la lessive, passant l'eau, de plus en plus chaude, sur un lit de cendres de bois neuf. Elle travaillait sans dire un mot, les lèvres serrées. De temps en temps, elle me regardait rapidement, en hochant la tête. Que voulait-elle me dire ? « Vois où je suis tombée. » Ou bien : « Pas de sot métier. » Ou encore : « Prends-en de la graine. » On parlait beaucoup par gestes, par mimiques. Comprenne qui pourra.

Cet amoncellement de linge sale exhalait une odeur rance, désagréable. Je quittais grand-mère un peu trop précipitamment, l'abandonnant en sueur dans cette étuve, les mains et les joues rouges. Grand-mère, chez les autres, n'était plus tout à fait la même.

Je n'aimais pas que grand-mère aille travailler chez les autres, qu'elle se renferme toute la journée dans ces hangars qui constituaient l'envers sordide des magasins. Je la préférais lavandière dans l'eau verte de la rivière. Pour les familles qui ne disposaient pas de buanderie, elle rejoignait en effet, de temps en temps, les laveuses qui battaient leur linge non loin du pont des Sardines. Agenouillées au bord de l'eau, elles lançaient les draps dans le courant, en prenant garde de ne pas les laisser dériver, les tordaient, les assommaient à coups de battoir. Entre deux tapis de nénuphars, les laveuses avaient aménagé un plan d'eau. La place y était étroite. Aussi ne reçurent-elles grand-mère, parmi elles, qu'en maugréant. Être placée comme blanchisseuse, eu égard à la nourriture solide que l'on recevait, constituait un emploi envié. Elles reprochèrent vite à grand-mère, qu'elles avaient connue ayant du bien, de venir manger leur pain. On s'arrangea pour ne pas lui laisser de place au bord de l'eau. On macula de boue (par inadvertance?) le linge nettoyé dont elle avait garni sa brouette. On la bouscula même un peu. Si bien que, à mon grand regret, elle abandonna ces lavandières, qu'elle trouvait vulgaires, pour ne plus travailler qu'en maison.

Il est vrai que mes grands-parents n'étaient pas très liants. Je ne leur ai jamais connu de compagnie, ni même de relations. Habitués au milieu fermé du château, dont ils garderont toujours la nostalgie, ils se renfermaient dans la structure familiale de notre logis. Aller faire des journées chez les bourgeois ne lui déplaisait finalement pas. Elle y retrouvait, au déjeuner, l'ambiance maîtres et serviteurs puisque tous ces commerçants, même les plus modestes, s'entouraient de domestiques.

Elle revenait courbatue, vannée, mais contente, ses sous en poche et ayant mangé, disait-elle, pour toute la semaine.

A la maison, nous mangions peu, et seulement du solide. Du pain d'abord, des gros pains de quatre livres. Pas du pain blanc de citadin, ni du pain noir des pauvres, mais du pain gris de méteil, mélange de froment et de seigle, dit pain bis, le seul que grand-père considérait comme acceptable. Lui qui avait un véritable culte du pain, en consommait avec tout, même avec le dessert s'il y en avait.

Grand-mère disait avec un certain mépris, des bourgeois qui lui offraient à déjeuner, les jours de lessive :

— Ils ne mangent pas beaucoup de pain, mais ils se rattrapent sur le fricot.

Le pain permettait en effet de ménager le fricot.

Il n'y avait pas de soupe, sans que l'on trempe dans les assiettes des tranches de pain. La soupe n'était bonne que très épaisse et je n'en connaissais pas de meilleure que la panade, cette soupe de pain rassis que me mitonnait ma mère.

Car ma mère participait à la cuisine familiale. Nous mangions toujours au rez-de-chaussée, chez mes grands-parents. Les repas, assez succincts, demandaient néanmoins de minutieuses préparations qui occupaient beaucoup les deux femmes. Constitués principalement de légumes du jardin, apportés par grand-père dans sa brouette, il fallait passer de longs moments en écossage, épluchage, rinçage, bouillons.

Ne voulant pas faillir à la réputation de « ventres à choux » des Vendéens, nous faisions une consommation assez étonnante de choux les plus divers : choux verts, bien sûr, dits aussi choux à vaches, cueillis après une gelée, plus tendres qu'une laitue (ah ! les embeurrées de choux verts !) ; choux pommés, choux de Bruxelles, choux-raves, choux-navets à chair blanche.

Grand-père semait dès la sortie de l'hiver des fèves que l'on consommait en purée et en soupe.

Évidemment, dans un pot en terre poussé près de la braise du feu de cheminée, bouillait interminablement la mojette, succulente lorsqu'elle devient une pâte que l'on peut étaler sur une tartine.

Le moment des récoltes : pommes de terre, haricots, fèves, carottes, choux, amenés à la maison à force de brouettées, donnait à grand-père un bref instant de lustre. Très vite, néanmoins, ces fruits de son travail de toute l'année disparaissaient dans les préparations des deux femmes qui les accaparaient, les transformaient, les rangeaient en bocaux, en boîtes étanches, en sacs.

Par là même, grand-père était éjecté, les bras ballants, tout déconfit devant sa récolte disparue.

Hormis les sardines achetées aux Sablaises, on ne mangeait pas de poisson, peu prisé d'ailleurs par ces gens d'origine paysanne. On allait plus souvent chez le charcutier que chez le boucher. Le charcutier vendait des abats. La viande était chère et, à part le pot-au-feu, que l'on accommodait pendant plusieurs jours, on faisait plutôt abstinence. Grand-mère avait une manière extraordinaire de faire durer le pot-au-feu, le bouilli du dimanche se transformant le lundi en petits carrés de bœuf à la vinaigrette et le mardi en hachis parmentier.

Nous faisions aussi des débauches de mou de veau, ces morceaux de poumons noyés dans la sauce, que même les chats, aujourd'hui, refusent d'ingurgiter.

La manière économe qui régissait la vie, non seulement de mes grands-parents, mais de la majorité des habitants de notre petite ville, est aujourd'hui inimaginable. La plupart des outils étaient bricolés, alliant le fer grossièrement forgé au bois brut, noueux, dur comme la pierre. Dans l'appentis de la cour, où grand-père rangeait ses outils, il y avait un maillet si vermoulu qu'il ressemblait à un gros champignon. Il y avait un marteau en fer, avec un manche en bois récupéré d'un fouet. Il y avait une houe à lame pleine identique à celles que l'on voit aux mains des serfs dans les enluminures. Il y avait un serpeau à deux tranchants. Il y avait une fourche-paillère en bois clair. Il y avait une fourche-bêche à longues dents de fer rongées par la rouille. Il y avait une faucille, des pelles, des plantoirs, des ficelles suspendues à des clous, destinées à tracer les semis, du raphia pour lier les jeunes pousses, du fil de fer récupéré sur un chantier de démolition, des vieilles pointes dans une caissette, un peu tordues, redressées à coups de marteau, prêtes à resservir.

Tout était recyclé. Les œufs mangés, on concassait les coquilles que les poules réingurgitaient afin de refaire des coquilles neuves. Le crottin de cheval, dans les rues, était convoité pour servir de fumure. Un attelage entendu et, de toutes les portes, des ménagères sortaient, un ramasse-bourrier à la main, se disputant cette manne fumante. Quand un carreau était cassé, on découpait la partie brisée et on le raccommodait avec un morceau de verre. On ne jetait jamais rien. Tout pouvait resservir, adapté à une nouvelle fonction.

Si bien que tout le monde travaillait. On ne gagnait pas lourd, mais on travaillait. On gagnait son pain. On ne dépendait de personne. On ne s'attendait pas à ce que le bon Dieu vous donne la becquée. Le marchand de peaux de lapins vous donnait vingt sous et gagnait sa vie comme ça. Il y avait ceux qui allaient couper l'osier dans les prés inondés du marais et ceux qui le tressaient pour en faire des paniers. Il y avait ceux qui pêchaient des sangsues dans les rigoles et les vendaient au pharmacien. Il y avait ceux qui poussaient une meule actionnée au pied et repassaient les couteaux. Il y avait le sabotier, le charron, le bourrelier, le tonnelier. Il y avait les plumassières, les piégeurs de taupes, les chasseurs de vipères. Tant de métiers, de professions, d'occupations, oubliés, si oubliés que l'on va croire que j'invente.

9

Aux oiseaux du ciel, disait-on, Dieu donne leur pâture. Aux pauvres gens (aux gens pauvres) la nature, alors généreuse pour eux, ne les laissait pas dans le besoin.

On ramassait dans les prés, ou au bord des chemins, de succulentes salades qui n'appartenaient à personne : pissenlits, boursette (que le commerce appelle, aujourd'hui, mâche). L'asperge était un mets de riches, mais on coupait les jeunes pousses de fougères considérées comme aussi bonnes. Des feuilles d'ortie nous faisions de la soupe. La soupe aux orties ça ne démange pas.

Avec les pissenlits, inépuisables, grand-père se confectionnait avec ravissement une liqueur, mettant au printemps les fleurs à bouillir, les pressant pour en retirer le jus et laissant le tout macérer dans un tonnelet pendant tout l'hiver.

On n'avait pas assez de paniers, ni de sacs, pour ramasser les châtaignes qui, au bord des routes, paraissaient tomber du ciel. Sur les haies, qui bordaient les vignes, les cagouilles (escargots petits-gris) abondaient. On les dégustait en bouillon, avec des carottes, des poireaux et une tête d'ail.

Bien que ce ne fût pas gratuit, comme les aliments qui précèdent, grand-père, du temps qu'il possédait encore sa vigne, se régalait en échangeant à des paysans quelques litres de vin contre des restes d'abattage de cochon : poumons, couenne, rognures de tête et en faisait une fressure, ragoût cuit lentement dans le sang, qu'il était le seul à déguster, ma mère s'enfuyant alors de la cuisine en disant que c'était une nourriture d'assassin.

Grand-mère, elle, excellait dans les aliments angéliques, ces pâtisseries traditionnelles qui, dans mon souvenir, conservent une connotation céleste en raison de l'ombellifère, dite angélique, qui parfumait ses recettes.

Et pas seulement ça puisque, à mardi gras, grand-mère recouvrait de linges blancs tables et meubles bas, des linges blancs comme pour la Fête-Dieu. Elle étalait dessus une pâte qu'elle aplatissait avec un gros rouleau. J'assistais, émerveillé, à cette préparation qui ressemblait à un jeu à surprises, car la pâte était ensuite découpée avec un instrument en bois, à roulette dentelée. Grand-mère me demandait de quelles formes je voulais mes tourtisseaux. Et je m'évertuais à lui réclamer ce que je jugeais impossible : des étoiles, des sardines, une poule, un chat, un lapin, le merle qui chante dans la cour. La roue dentelée taillait dans la pâte la forme voulue. J'applaudissais. Grand-mère, pour m'épater, faisait aussi des tourtisseaux en triangles, en losanges, en nœuds, en tresses.

Lorsque la pâte était découpée, on recouvrait ces beignets de linge, en attendant de les faire frire dans l'huile bouillante.

Gonflés, ventrus, saupoudrés de sucre, quel régal que ces tourtisseaux fort justement appelés aussi merveilles. D'autant plus merveilleux qu'ils n'apparaissaient qu'une seule fois l'an.

Plus tard, arrivait la saison des caillebottes, lait caillé à l'aide de chardonnette que l'on dégustait glacé lors des premières chaleurs.

Où sont les tourtisseaux et les caillebottes de jadis ? Où sont les grâlées de châtaignes dans le diable noir ? Qui connaît la liqueur de pissenlit et la fressure ? Qui boirait cette piquette que, lors de l'agonie de sa vigne, grand-père préparait en passant de l'eau sur le marc de raisin après en avoir exprimé le vin ?

Aux oiseaux du ciel Dieu donnait leur pâture, mais tous les vermisseaux ne leur tombaient pas miraculeusement dans le bec et, souvent, les graines avaient un goût amer.

10

Dans le jardin de mon père
Les lilas sont fleuris

Chante, petite fille, chante, derrière ces hauts murs opaques. Mon père n'avait pas de jardin. Et dans le jardin de grand-père il n'y avait pas de lilas. Ni d'autres fleurs. Les arbres fruitiers et les légumes occupaient toute la place.

L'argent manquant de plus en plus à la maison, grand-père essaya de vendre fruits et légumes du jardin. Difficilement puisque les bourgeois disposaient de potagers que grand-père cultivait pour eux. Seuls les pauvres gens (les gens pauvres) qui ne possédaient pas la moindre motte de terre avaient besoin d'acheter fruits et légumes. Mais faute d'argent, ils s'alimentaient surtout avec force cueillettes, voire quelques chapardages et braconnages. Si bien que ce jardin de grand-père, qui n'avait pas de lilas (qu'en aurions-nous fait ?), regorgeait de fruits et de légumes dont, faute de débouchés, nous nous gobergions à nous en donner la colique.

Grand-mère, dans la cour, accrochait des pots de fleurs, haut sur les murs, afin que les poules et les lapins n'en fassent pas leurs choux gras. Elle aimait surtout les fuchsias, aux fleurs violacées.

Je lis dans un traité d'horticulture : « Les fuchsias font actuellement figure de plantes surannées et vieillottes. »

Ma grand-mère aussi. Et ma mère. Et moi-même.

Voilà pourquoi les fuchsias m'émeuvent tant. Comme ils se plaisent à pousser à mi-ombre, et qu'il n'y avait pas de soleil dans la cour, sur leurs rameaux feuillés et arqués leurs fleurs globuleuses abondaient. Pourquoi refusent-ils de croître et de se multiplier dans mon jardin du Loiret ? Aussitôt plantés ils s'étiolent. Pas assez d'ombre, sans doute. Pas assez modernes. Même les fleurs se démodent.

Où sont les ardoises grises encadrées de bois brut, sur lesquelles nous écrivions avec des craies blanches ? Nous avons tracé nos premières lettres avec des produits de la terre. Calcaire sur schiste. Nous avons appris à écrire avec ces petits bâtonnets blancs qui sentaient le talc. Grand-mère me tenait la main. La craie éclairait le tableautin obscur. Parfois elle s'écrasait en poussière. Nous effacions sur l'ardoise, d'un revers de manche.

Grand-mère m'aidait à former les lettres. Puis, dans le livre des *Fables,* elle me lut l'histoire du loup et de l'agneau, du corbeau et du renard, de Perrette et du pot au lait. Je retins vite par cœur ce que nous appelions des poésies. Les récitais à grand-mère que ma mémoire rapide n'étonnait pas. Tous ces gens du temps jadis bénéficiaient d'une mémoire d'éléphant. Leur cerveau n'étant pas encombré comme le nôtre par une pléthore d'informations inutiles, vite périmées, ce qu'ils apprenaient se gravait en eux pour l'éternité.

L'éternité ? Enfin, la leur.

Comme ils parlaient peu, tout ce qu'ils disaient était chargé de remembrance. Du plus lointain, ils faisaient une actualité. En réalité, pour eux l'actualité n'existait pas. Le temps de leur vie formait un tout. Ils parlaient du baron comme s'ils l'avaient vu la veille. Il était aussi présent pour eux que leurs actuels employeurs. Plus, sans doute.

De même, les lectures que me faisait grand-mère évoquaient un temps lointain qui n'était que celui d'hier. Rien de plus contemporain, pour elle, que les *Fables* de La Fontaine. Quant à l'*Histoire des Girondins,* c'était l'éternelle rengaine des gens qui nous gouvernent. En feuilletant le récit de Lamartine, grand-mère croyait parcourir le journal. C'était d'ailleurs le seul journal qu'elle lisait. *La Chanson de Roland,* avec ses chevaux caparaçonnés, ses hommes cuirassés de fer, ses éperons d'or, tous ces mots magiques, incompréhensibles : olifants, gonfanons, hauberts, se plaçaient dans un autre régime, celui de la vraie fable, de l'invraisemblance, de l'irrationnel. Comme *Manon Lescaut* que grand-mère avait découvert très jeune, au château, à la fois émerveillée et incrédule.

Quant à moi, même si cette passion torride, cette prodigalité de Des Grieux, ce dévergondage de Manon, se situaient dans un monde si éloigné du nôtre, j'étais néanmoins séduit par la grâce de Manon, par l'insouciance de sa vie si frivole, si différente de celle que nous vivions qu'elle paraissait une féerie, un rêve. Et je rêvais que la petite fille, derrière le haut mur, ressemblait à Manon, ou qu'elle lui ressemblerait plus tard, lorsque j'aurais l'âge de Des Grieux.

Lorsque ma mère m'emmenait sur la place Viette pour, disait-elle, me faire prendre l'air, à l'ombre des marronniers (comme si l'air manquait, rue des Orfèvres !) elle devait débourser quelques sous pour s'approprier très provisoirement une chaise de fer rouillé.

Car si nombre de choses s'offraient gratuites (des choses à manger) par contre on payait partout pour s'asseoir, même à l'église où la chaisière repérait les resquilleurs.

En revenant à la maison par la rue de la République, nous croisions parfois un personnage très populaire, avec son képi qui ressemblait à celui du facteur, sa grande barbe grise de missionnaire, sa veste aux gros boutons de cuivre. Il pédalait lentement sur un tricycle, saluant en levant légèrement son képi. C'était le planteur de Caïffa.

Toutes les semaines, ce marchand de café frais arrivait à Fontenay, agitant un grelot. Il apportait avec lui un parfum de luxe. Ma mère me prenait par le bras et m'entraînait très vite, loin de ce diable tentateur.

On se couchait comme les poules. On se levait après le chant du coq. Le rythme de la vie animale nous régissait.

Il y avait des animaux partout. Les rues étaient parcourues de chevaux, d'ânes, de moutons en troupeaux, de bœufs menés à l'abattoir, de volailles échappées des arrière-cours. Une fois par semaine, le marché, qui de l'église Notre-Dame à la rue des Orfèvres regroupait ses étals, proposait aux chalands des animaux vivants : canards, poules, oies, chevreaux aux pattes entravées poussant des cris d'enfant battu. Et les acheteurs emportaient leurs proies hurlantes, tenues d'une main comme un vulgaire ballot, leurs bêtes vivantes qui se débattaient, qui piaillaient, effarées de se tenir la tête en bas, cherchant à se redresser à grands coups de reins. Des acheteurs qui, se rencontrant, poursuivaient, indifférents aux cris de leurs victimes, des conversations banales. Comme était banale cette agitation frénétique des animaux captifs.

Si Dieu bénéficiait d'une fête solennelle, l'animal était aussi sacralisé une fois l'an.

Pendant le carnaval, un bœuf, choisi par les bouchers parmi les plus plantureux, orné de bouquets et de cocardes, était promené lentement dans la ville. La procession du bœuf gras, saluée plus familièrement que celle du Saint-Sacrement, était tout de même imposante. L'animal roi d'un jour, pas Veau d'or, mais bête de chair et de sang, au mufle baveux, aux belles cornes enrubannées, se pavanait dans les rues en liesse. En célébrant le bœuf gras, on fêtait le gras, la viande grasse, ce gras que grand-père préférait au maigre, ce gras interdit par l'Église pendant le carême, ce gras fêté aussi le mardi gras et le jeudi gras. Sacrifié, le bœuf, écartelé, découpé, exposait sa chair sanguinolente à la vitrine du boucher élu comme le meilleur.

Il n'y avait pas souvent du gras chez nous, à l'exception du bouillon gras le dimanche soir. Néanmoins, chaque samedi, grand-père ne manquait pas de rappeler à sa femme de se rendre au marché au gras, où se vendaient les viandes grasses d'oies et de porcs. Grand-mère disait oui, bien sûr, et ne ramenait que le sempiternel mou de veau et autres abats dérisoirement maigres.

On vivait familièrement avec l'animalité et en étroite symbiose avec les éléments de la nature. Vent, grêle, pluie, orage, soleil, sécheresse, les soubresauts de la nature rythmaient la vie quotidienne.

Pendant les trois jours qui précèdent l'Ascension, le clergé se livrait à des implorations et à des processions éminemment païennes : les rogations, destinées à prier Dieu (quel dieu ?) de protéger les biens de la terre, c'est-à-dire de faire pleuvoir si la sécheresse menaçait, ou de préserver de la pluie si le soleil tardait à apparaître.

On s'intégrait à tel point à la vie animale, et à la nature qui l'intègre, que la mort n'était pas occultée comme aujourd'hui, que le mourant n'était pas chassé de la vie quotidienne. On s'éteignait chez soi, parmi les siens. Et lorsque la petite cloche de l'église tintait à quelques discrètes reprises, on savait que le curé allait porter le bon Dieu à un moribond.

On était habitué à voir surgir dans les rues un prêtre en surplis, tenant précieusement dans une boîte un ciboire avec une hostie. Un enfant de chœur le précédait, lumignon dans une main et sonnette dans l'autre. On était habitué, mais on n'aimait pas trop cette rencontre. A cette apparition, les bonnes gens se signaient. Certains s'agenouillaient hâtivement. D'autres plaisantaient : « Encore un qui va se faire cirer les bottes. »

Le médecin avait dit : « Si vous voulez appeler Monsieur le curé, il est temps. » Ainsi le malade apprenait qu'il allait mourir. Le curé venait quand le médecin abandonnait la partie.

Le prêtre administrait l'extrême-onction, avec les saintes huiles appliquées sur le front, la paume des mains et la plante des pieds. Il ne restait plus à la famille qu'à endormir l'agonisant à force de litanies.

Au moment même où le malade expirait, on arrêtait la pendule, on voilait les miroirs pour que la mort ne se regarde pas dans la glace, on jetait dans la rue l'eau contenue dans tous les récipients afin que l'âme du disparu ne s'y noie pas.

On n'avait pas peur de la mort ; enfin, pas trop peur ; moins qu'aujourd'hui puisqu'elle se manifestait partout, de l'animal que l'on tuait soi-même pour le manger, au défunt que l'on accompagnait au cimetière, à pied, en lente procession dans la ville. On n'avait pas trop peur de la mort, mais la nuit effrayait. Dans la nuit, toutes les vieilles obsessions remontaient. Il faut dire que la nuit était beaucoup plus obscure que maintenant, avec des rues peu éclairées et que, dans les maisons, les lampes-Pigeon ne donnaient que des lueurs blafardes.

Alors remontaient les frayeurs ancestrales, la peur des vagabonds, des maraudeurs, des bohémiens dont on croyait entendre rouler les charrettes. On barricadait portes et volets. La nuit, redisait grand-mère, les chiens se changent en loups. Elle affirmait avoir entendu vers minuit, un jour où elle avait oublié de fermer un volet, du côté de la rivière, le battoir d'une lavandière de la nuit qui pleurait son enfant avorté. Elle tenait pour véridiques toutes les légendes vendéennes relatives aux terreurs nocturnes : le Cheval Malet, la Chasse Galery, la galipote. Des cauchemars peuplaient ses nuits. Délires étranges chez une femme aussi raisonnable, pondérée, intelligente.

Ma mère souffrait d'autres délires. Toute cette animalité lui répugnait. Elle conservait de la déchéance et de l'agonie de son mari un souvenir horrifié. Mariée si peu longtemps, la mort restait pour elle effraction, vol, injustice. Il me semble entendre encore ce cri de bête, ce cri horrible, venu du premier étage et qui emplissait la cour, le jour où mon père mourut. Je la revois encore, déboulant dans l'escalier et se jetant dans les bras de grand-mère, les cheveux hirsutes, hurlant toujours, hurlant encore...

Elle conservait une répugnance pour tout ce qui était organique, ne mangeant de la viande qu'avec dégoût, n'aimant que les laitages. Elle secouait frénétiquement la literie pour en chasser toutes les odeurs corporelles. Ses aérations intempestives, qui nous imposaient de désagréables courants d'air, agaçaient grand-mère. Il est vrai que les odeurs de fosses d'aisances (il n'y avait pas de tout-à-l'égout et les citernes des vidangeurs, d'un endroit à l'autre, pompaient perpétuellement des excréments), que ces odeurs nauséabondes, jointes à celles des déjections d'animaux, empuantissaient notre ville. On s'y habituait, mais pas ma mère qui, malgré ses ventilations, n'arrivait évidemment pas à les chasser puisque, balayées d'un côté, elles revenaient d'un autre.

En réalité, ce monde qui paraissait sommeiller, qui paraissait inaltérable, tempéré, dolent, était secoué de hurlements.

Cette petite fille qui chantait si fort, de l'autre côté des murs, était-ce un chant, ou un cri ?

Tous les oiseaux du monde
Viennent y faire leurs nids

Le merle, dans la cour, auquel grand-père avait cassé une aile, sautait furieusement, comme s'il allait s'envoler, se heurtait à la muraille, retombait, furieux.

Et ma jolie colombe
Qui chante jour et nuit

Colombe au col rouge de sang. Colombe au cou coupé.

11

Grand-mère, devenue journalière, abandonnait de plus en plus souvent sa coiffe, trop fragile, trop longue à préparer, ne la portant plus guère que le dimanche pour se rendre à la messe. Quant à l'ombrelle, ma mère s'en emparait, l'ouvrait avec ravissement dans la cœur, jouait à la dame, mais n'osait sortir dans la rue avec ce vestige du temps du château.

La même brouette servait au jardinier et à la laveuse. Dans les premiers temps où elle abandonna sa coiffe, grand-mère se serra la tête dans un fichu gris. Puis, assez vite, elle se résigna à être femme en cheveux. Personne n'osait travestir sa condition sociale.

Trottinante, d'une activité de fourmi, grand-mère ne s'asseyait que pour raccommoder du linge ou éplucher des légumes. Elle ne savait rien faire d'autre que travailler.

Par contre, l'ancien cocher conservait ses habitudes de traînasser. Le dimanche, il n'allait plus à l'église, ce que grand-mère acceptait avec un certain soulagement, trop honteuse de l'entendre ronfler pendant le sermon.

« A chacun sa messe », annonçait-il, se dirigeant tranquillement vers la maison des hommes, c'est-à-dire au Café du Cerf où il se lia finalement à quelques copains de coinchée.

Il revenait rue des Orfèvres en tricolant, s'asseyait lourdement à la table pour le déjeuner et s'endormait d'un seul coup.

— Le voilà qui croit l'heure du sermon arrivée, disait grand-mère.

Elle le réveillait d'un coup de torchon mouillé.

Jamais grand-mère ne condescendit à aller le chercher au Café du Cerf, les dimanches où il oubliait l'heure du repas. Les femmes ne pénétraient pas dans les cafés, mais nombreuses celles qui appelaient leur homme du dehors, avant qu'il ne soit trop saoul et ne puisse plus marcher.

Un jour grand-père, qui avait dépassé la mesure, manqua la table et tomba la tête la première dans la cheminée, s'ouvrant une fois de plus le front en heurtant un chenet.

Si l'endormissement valait un coup de torchon, qu'allait déchaîner un tel accident ?

Effrayé, je courus me réfugier dans la cour. Aussi invraisemblable que ce fût, aucune dispute ne me parvint. Réintégrant la cuisine, je vis grand-mère qui épongeait délicatement le front ensanglanté de son mari. Délicatement. Je dirais même tendrement.

Cette tendresse, qui me parut si étrange chez ces êtres que je croyais si vieux, me conduit soudain à m'interroger sur un sujet tabou : la sexualité de mes grands-parents.

Non pas la sexualité de leur grand âge, à laquelle je n'ai jamais pensé, tellement une telle promiscuité me semblait invraisemblable. Ils couchaient dans le même lit, sous les gros édredons de cette chambre obscure qui sentait si fort la vieillerie. Mais de toute évidence ils n'allaient se coucher là que pour dormir et, un jour, pour y mourir. Non, je veux parler de leur sexualité d'adulte. Était-ce à cause des costumes? De ces gros bourgerons de grand-père, de sa chemise toujours boutonnée très haut du cou, de la manière dont l'un et l'autre étaient caparaçonnés de triples, de quadruples tissus opaques. Si bien qu'ils n'avaient pas de corps.

Je ne sais, mais je les ai toujours vus, je les revois encore, comme des êtres asexués. Jamais je n'ai pensé que du temps de leur jeunesse, au château, un érotisme frénétique ait pu les frapper de sa foudre. Non, maintenant encore je n'y crois pas. Et pourtant...

Cette Vendée renommée si pieuse et, par là même si chaste, n'était-elle pas agitée, au temps de la jeunesse de mes grands-parents par un paganisme sexuel assez incroyable, scrupuleusement décrit par des témoins effarés ou amusés. C'est selon, s'il s'agit des confidences de curés ou de médecins. Mais les deux abondent et concordent.

Ma bonne vieille grand-mère a-t-elle, dès l'âge de treize ans, comme, paraît-il, le voulait la coutume, sorti un après-midi du dimanche avec un grand parapluie sous le bras, parapluie que l'on ouvrait dans un coin de champ, près des buissons d'épineux, pour y recevoir son galant à l'abri des regards.

Puisqu'elle n'était pas maraîchine, elle ne maraîchinait sans doute pas, mais le bocage maraîchinait à sa manière, dans une liberté sexuelle qui anticipait largement sur la nôtre.

La petite Léonie, où vivait-elle à treize ans? Était-elle déjà gagée au château du baron? Partait-elle après les vêpres en bande, avec d'autres filles, pour qu'un garçon la tire par son cotillon? Cotillon pris, la fille sortait de la bande et ouvrait son parapluie. Sous le parapluie, les contacts n'étaient pas anodins, allant des interminables baisers intrabuccaux jusqu'à l'acte sexuel complet.

Pour les préliminaires, le vêtement paraissait approprié. Aussi longs soient les jupons, aussi nombreux, ils permettaient néanmoins le « fouillage », grâce à la migaillère, ouverture latérale du jupon de la taille « d'une bonne main d'homme », disaient les couturières. Quant aux culottes, quand il y en avait, inutile de les enlever puisqu'elles étaient fendues à l'entrejambe.

Où grand-mère a-t-elle rencontré le père Constant, alors jeune homme? J'ai beaucoup de difficulté à imaginer leur première rencontre, charnelle et brutale. Brutale puisque les coups de poing, les torsions de bras, les pincements aux fesses, faisaient partie de la galanterie des garçons, auxquels les filles répondaient par des gifles et des bourrades. La volupté des paysans différait fortement, semble-t-il, de celle des bergeries littéraires.

Je n'arrive pas à imaginer mes grands-parents se tirant les doigts, pendant des heures, lascivité oubliée, alors si normale. Je n'arrive pas à les imaginer amoureux. Et pourtant cette tendresse pour le vieil homme ivre, blessé à la tête... Ce vieil homme assommé, que la femme et la fille portèrent si doucement dans la chambre pour le coucher dans ce grand lit.

12

Au premier étage, le sous-off du régiment tunisien, muté ailleurs, avait laissé les lieux à l'adjudant d'une troupe de Malgaches. Pas du tout noir, comme je l'espérais, blanc comme tous ces gradés, d'une blancheur indécente parmi ces soldats de bronze.

Il arrivait, flanqué d'une commère rose bonbon et de quelques morveux que je regardais de haut. Le sergent tunisien, petit et ventripotent, ne nous éloignait pas trop de mon père. L'adjudant, lui, grand et maigre, d'une maigreur de spectre, d'emblée nous fut antipathique. Toutefois, les Malgaches suscitèrent immédiatement notre curiosité. Ils ressemblaient à ce nègre qui se fendait la pêche sur les boîtes de Banania. Ils donnaient dans les rues une note nouvelle, qui nous changeait des hommes du désert. Ces gens de la savane, plus gais, rappelaient un peu le régiment sénégalais qui précéda les Tunisiens. Car, ville de garnison coloniale, l'aspect de Fontenay-le-Comte se modifiait au gré des troupes qui emplissaient les grandes casernes bâties sur les hauteurs de la cité. Ces soldats venus d'ailleurs, de si loin, si différents de nous, apportaient un exotisme, une animation, chaque fois renouvelés.

Les manœuvres sur le champ de foire, les défilés, la clique vigoureuse qui succédait à l'aigrelette nouba, ces régiments nous donnaient un spectacle permanent.

Ils contribuaient aussi à marquer douloureusement l'absence de mon père. Ces militaires, qui prenaient sa place, dans notre maison, dans cet appartement qui avait été le sien, rendaient ma mère un peu hagarde. Comment grand-mère n'a-t-elle pas compris qu'avec ses locataires sous-offs elle mettait perpétuellement le nez de sa pauvre fille dans de cuisants regrets ?

Ma mère s'efforçait de ne pas les croiser dans l'escalier, épiant leurs allées et venues. N'empêche qu'elle arrivait souvent le matin avec des yeux rouges.

Sans rien dire, grand-mère préparait une lotion de camomille, cette fleur qu'elle prenait soin de ramasser avant que le soleil ne se lève, si efficace pour les maux d'yeux et la fièvre.

Pendant deux ans, ma mère se voila de noir « grand deuil », statue funèbre à l'image des Mater dolorosa des églises. Elle ne passa au « demi-deuil » qu'à regret. L'ai-je vue vêtue autrement qu'en noir ou en gris, observant ce « demi-deuil » toute sa vie ?

Elle me défendit de causer aux enfants de cet

adjudant trop grand et trop maigre pour être honnête. En avais-je envie ? Non. Je me trouvais trop bien avec grand-mère pour envier les fréquentations enfantines. Seule la voix de la petite fille, derrière les hauts murs, me causait quelques regrets.

Vinrent des temps troublés. Les grandes personnes parlaient d'émeutes à Paris, de grèves, de rassemblements énormes de mécontents dans les grandes villes, de bagarres, de charges de gardes républicains montés, de chevaux glissant sur les billes de métal lancées par les manifestants, de cavaliers désarçonnés, de juments aux pattes cassées. Grand-père, pour une fois, sortait de son apathie et s'indignait du sort fait aux chevaux.

Face à notre maison, dans le bistrot du cafetier barbu et boiteux, des allées et venues suspectes suscitaient des commérages aigres. J'épiais de la fenêtre de notre second étage ces silhouettes qui se glissaient rapidement par la porte étroite du café. Il y avait de la conspiration dans l'air. Ces mystères m'excitaient beaucoup. Sans aucun doute, l'histoire des Girondins se remettait en marche. Loin de partager mon enthousiasme, les gens du quartier regardaient de travers le cafetier boiteux. D'autant plus que son étrange clientèle ne se composait pas d'hommes familiers. Ils arrivaient d'on ne sait où, ces mystérieux visiteurs aux mines que l'on disait patibulaires.

Les temps troublés se dissipèrent. Tout redevint normal. Les clients inconnus du cafetier disparurent. Les Malgaches, consignés dans leur caserne, l'arme au poing, revinrent dans les rues, désarmés, avec leurs larges sourires.

On ne remarqua plus le cafetier sur le seuil de sa porte. Le bruit courut qu'il souffrait d'une grave maladie. On aperçut plusieurs fois le médecin et l'on répéta sournoisement que, seul et abandonné, il allait mourir comme un chien.

Le cafetier, qui arborait ses drapeaux rouges avec ostentation, n'était pas aimé. Les temps troublés le firent haïr. Il perdit sa faible clientèle de quartier.

Grand-mère maugréait :

— Ce pauvre homme... Si c'est pas malheureux... Pas un chien, tout de même.

Un jour, sans rien dire à personne, on la vit sortir, avec sous le bras des torchons et des serviettes. Elle traversa la rue d'un air décidé, poussa la porte du café et disparut.

Phénomène si extraordinaire que tous les voisins affluèrent aux alentours du bistrot, pas trop près pour ne pas attraper la gale, mais à l'affût de ce qu'il allait advenir de Madame Léonie.

Comment une personne si tranquille, si honnête, qui ne faisait jamais jaser, pouvait-elle se jeter inconsidérément dans la gueule du loup? Comment? Pourquoi?

Cette traversée de la rue, stupéfiante, suscitait les commentaires les plus saugrenus. On se souvenait que grand-mère avait été domestique et qu'avec ces gens-là on ne sait jamais ce qui leur passe par la tête. Et puis, ils en rabattaient de leur jactance depuis qu'elle poussait une brouette de laveuse. Son bonhomme n'allait plus à la messe. Il avait dû vendre sa vigne. Ils étaient dans la déconfiture. Des indices aussi défavorables n'expliquaient pas néanmoins qu'elle se soit ainsi précipitée dans ce repaire de brigands, sans en prévenir personne.

La porte du café finit par se rouvrir. Grand-mère sortit. Regarda, surprise, cette assistance interrogative. Et, tout bonnement, rentra chez nous.

Elle ramenait du linge sale.

Désormais, tous les jours, elle recommença son manège. On la vit porter, chez le cafetier, des assiettées de soupe, revenir avec des draps souillés.

Son manège, devenu ordinaire, lassa. Comme une voisine crut malin de lui demander si elle s'était gagée chez le cafetier, elle répliqua :

— Un républicain, ça chie comme tout le monde. Et si ça ne peut plus tenir debout, faut bien lui changer les draps.

Grand-mère, si peu bigote, se conduisait comme le Bon Samaritain. Sans en faire toute une histoire.

Elle n'avait jamais parlé à ce voisin, ironique sur le seuil de son bistrot lorsqu'il était en bonne santé. Le savoir malade et abandonné lui tourna le sang. Vu d'aussi près, dans son lit d'invalide, le diable paraissait bien inoffensif. Pauvre diable que cet homme solitaire, réprouvé pour ses drapeaux rouges et ses fréquentations louches. Grand-mère soigna ce voisin tant qu'il ne put tenir debout, lui apporta sa soupe et son pain, gratuitement, bien sûr, et le plus naturellement du monde.

Guéri, incommodé par l'hostilité du quartier, il vendit son commerce et grand-mère ne reçut jamais de ses nouvelles. D'ailleurs elle n'en attendait pas.

13

Le merle, dans la cour, avait fini par apprendre quelques notes de la chanson de la petite fille. Il sifflait inconsidérément :

Les lilas sont fleuris
Les lilas sont fleuris.

En plein mois d'octobre.

Il aimait se percher sur l'anse du grand chaudron noir qui servait de réserve d'eau de pluie. Comment trébucha-t-il, avec son aile cassée ? Toujours est-il qu'il s'y noya. Grand-mère me cacha l'accident, m'expliquant qu'il avait fini par s'envoler. Je ne la crus pas, ayant vu si souvent le merle prisonnier se heurter avec rage contre la muraille. S'était-il fracassé la tête en retombant ? Ma mère ne fit aucune difficulté pour me dire la vérité. Elle n'aimait pas ce merle dont les sifflements aigus lui causaient la migraine. Enfin, c'est ce qu'elle disait.

Me restait le paon de la grande horloge. Solidement attaché dans cette longue boîte verticale qui sonnait les heures. Le paon balançait interminablement sa queue rutilante, de gauche à droite. Je restais longtemps, bouche bée, à le regarder, à regarder s'égrener les minutes. Les journées sont si longues lorsque l'on est enfant. Si longues et si douces. La vie n'est qu'un jeu, dont les adultes sont les pions. Les adultes ne le savent pas. Ils se croient les maîtres du jeu. Et les enfants les regardent avec compassion. Les enfants savent qu'ils sont les rois et les reines, qu'ils brassent les cartes à leur façon. Ils savent que l'avenir leur appartient. Sur le pont du bateau, ils jouent à la marelle, cependant que les adultes rament comme des damnés pour conduire le navire au port. Quel port ? Ils se le dissimulent. Ils feignent de partir à la découverte, de s'en aller en voyage. Et les enfants s'en fichent. Pour eux, le temps n'existe pas. Ils vivent au jour le jour. Qui m'aurait dit dans mon enfance que grand-mère n'était pas éternelle, je l'aurais jugé de mauvaise foi.

D'ailleurs ma grand-mère est éternelle puisque nous la retrouvons ici.

14

Le bonheur, l'insouciance, l'intemporalité de l'enfance ne sont pas éternels.

Comment les autres enfants passent-ils sans trop de dommage de l'enfance à l'adolescence ? Comment se produit cette transition ? Pendant combien d'années ? Je veux dire les enfants qui ont des frères et des sœurs, poussés en avant par les plus petits, tirés vers la maturité par les plus grands... Sans doute est-ce plus facile que pour un enfant unique, sans repères... Sans doute est-ce plus facile pour les enfants des riches... Ou en tout cas moins inattendu que ce le fut pour moi, moins brutal. Si inattendu, si brutal, que je ne m'en suis jamais vraiment remis.

Une cassure, un déracinement.

Qui aurait pu imaginer (comment aurais-je pu imaginer ?) que ma mère m'aurait un jour arraché à mon inséparable grand-mère, qu'elle m'aurait enlevé de la petite ville où j'avais mes habitudes, où je m'étais fait, finalement, des copains d'école, qu'elle m'aurait arraché à cette vie douillette pour se lancer dans le tohu-bohu d'une grande cité où nous ne connaissions personne?

A quatorze ans, c'est encore le temps de l'enfance. La croissance n'est pas terminée, loin de là. Pourtant, ceux qui nous gouvernent décidèrent que pour les pauvres gens (les gens pauvres) la scolarité se terminerait à cet âge. Et c'était bien bon de leur part puisque, antérieurement, elle s'achevait beaucoup plus tôt; si tôt que beaucoup d'enfants n'avaient pas du tout d'enfance.

Mais pour moi qui en avais une, si paisible, près de mon adorable grand-mère, dans la maison enchantée de la rue des Orfèvres, avec mes lapins, mon merle siffleur, mes quatre livres, ma petite voisine invisible derrière les hauts murs, pour moi qui me croyais protégé des tempêtes, couvé par mes deux vieux sans âge, quel choc!

Car, enfin, ma mère n'existait presque pas, dans l'ombre de sa propre mère! Comment aurais-je pu supposer qu'un jour elle se fût lancée dans une aventure aussi folle que de quitter ses parents, avec lesquels elle avait toujours vécu, pour s'expatrier à Nantes, à la recherche d'un hypothétique travail, pour elle et pour moi. Pour elle qui n'avait jamais occupé aucun emploi et qui ne savait que raccommoder du linge et pour moi qui n'avais exercé aucun apprentissage.

Je crois bien que grand-mère partageait ma stupeur lorsqu'elle nous accompagna au champ de foire où nous devions monter dans un autocar.

Elle s'était mise sur son trente et un, avec ses plus beaux jupons, ceux ramenés du château, sa coiffe épinglée sur sa tête, qu'elle portait désormais si peu. Grand-père nous précédait avec sa brouette dans laquelle il avait entassé nos bagages.

Lorsque le conducteur actionna l'avertisseur pour appeler les retardataires, nous n'échangeâmes que des baisers furtifs, expédiés à la hâte. Il fallait grimper dans ce maudit engin qui allait casser mon enfance, casser ce lien qui m'attachait si fortement à cette vieille paysanne d'un autre temps, que je voyais par la vitre de l'autocar, les bras ballants, figée dans son chagrin comme une statue d'église.

Grand-père avait enlevé sa casquette qu'il agitait à bout de bras. L'autocar remonta la rue de la République, contourna la place Viette et nous fîmes route vers l'inconnu.

Depuis que la portière s'était refermée, je n'avais cessé de pleurer. Près de moi, ma mère s'agaça :

— Allons, ça suffit. Tu es un homme, maintenant.

15

Sans doute ma mère voulut-elle échapper à la ruine prévisible de mes grands-parents. Ruine de leurs revenus et surtout ruine de leurs corps. Cet effondrement progressif de ce qui avait été notre bonheur l'avait-il effrayée? Voulait-elle s'éloigner de cette déchéance?

Ce qu'il y a de pire chez les pauvres (les pauvres gens de ce temps-là, et d'aujourd'hui) c'est qu'ils ne savent rien, qu'ils ignorent tout de ce qui leur est dû, de ce à quoi ils peuvent prétendre. En m'emmenant inconsidérément à Nantes pour y chercher du travail, ma mère m'éloignait d'un avenir plus simple et plus confortable. Pupille de la Nation, il m'eût été facile d'être boursier, pensionnaire dans un collège. Elle ne le savait pas. Elle croyait que pour les gens de notre condition, après le certificat d'études primaires, que j'avais obtenu, la seule voie était d'accéder à un emploi. Elle pensait que dans une ville aussi prospère que Nantes, nous trouverions facilement de quoi vivre. C'est ça la grande infirmité des gens sans instruction (sans instructions). Ils ne savent pas ce qu'il est indispensable de savoir.

Sans logement, sans travail, nous commençâmes notre triste aventure nantaise comme commence celle de la plupart des émigrés. Ma mère, à force de sollicitations (ah! comme elle changeait déjà, opiniâtre, solliciteuse!), finit par dégotter une loge de concierge, face au château des ducs de Bretagne. *Ô saisons, ô châteaux,* décidément nous n'en sortions pas de nos châtelleries! Notre loge n'était pas, hélas, dans les communs du château, mais dans le sous-sol du grand immeuble qui le regardait de travers, de l'autre côté de la rue. Néanmoins, nous en revenions à la domesticité, tout au fond de ce bâtiment bourgeois, dont ma mère balayait la cour et sortait les poubelles.

Quant à moi, elle me procura une place de garçon de course (on dit, à Nantes, courantin, ailleurs saute-ruisseau). Enfant gagé, comme les grands-parents, mais loin des chemins creux du bocage, lancé dans les méandres pluvieux de rues inconnues, où il fallait m'y retrouver pour porter lettres et paquets à des destinataires peu amènes.

Sans grand-mère, qui me paraissait si loin de nous, dans un autre pays, notre vie était désenchantée. A Fontenay nous étions pauvres sans en souffrir. A Nantes, nous devînmes misérables.

J'avais l'impression d'être relégué dans les douves du château. La loge, tout à fait obscure, éclairée en permanence par des ampoules électriques si faibles, il était impossible d'y lire, ou plutôt d'y relire l'un des quatre livres que grand-mère m'avait donnés.

Ces quatre livres constituaient tout mon capital. Je les ai toujours gardés. Je les relis parfois, dans ces vieilles éditions aux couvertures de carton, rongées par le temps. Leur papier s'est jauni, mais il ne casse pas comme celui de tant d'ouvrages plus récents.

A ces quatre livres, j'avais ajouté dans mon petit bagage une de ces pommes de pin que grand-mère mettait dans l'armoire à linge pour éloigner les mites.

Ma mère, s'agaçant de me voir attacher quelque prix à cette « babiole » posée sur le buffet que notre obligeante propriétaire nous avait prêté, eu égard à notre dénuement, voulut la jeter aux ordures. Je la cachai avec les quatre livres et, de temps en temps, je venais y respirer son odeur de térébenthine qui me ramenait dans la maison de la rue des Orfèvres.

Quant à grand-père, il m'avait fait cadeau d'une queue de lézard que je conservais précieusement dans mes poches. Elle ne m'a pas porté chance tout de suite, comme il l'espérait. L'étrange, c'est que la chance est venue lorsque ce petit morceau d'animal finit par se corrompre et se dissoudre en poussière.

16

Décidément, ceux qui nous gouvernent ne savent quoi inventer pour nous rendre la vie impossible. Lorsqu'ils ont épuisé leurs maléfices ordinaires, ils sortent leur grand jeu et mettent toute la société dans le pétrin en déclarant une guerre dont ils sont les seuls à voir l'utilité.

C'est ce qui nous tomba dessus.

L'ennemi était loin, très loin, à l'autre bout du territoire, mais ceux qui nous gouvernent firent tant et si bien que l'ennemi arriva chez nous, poussant devant lui une foule hagarde, paniquée, à laquelle ma mère, effrayée par les rumeurs sur les atrocités des vainqueurs, crut bon de m'associer.

Emporté dans cet exode qui déferlait vers le sud, je parvins à Fontenay-le-Comte où, malgré notre précipitation, les troupes allemandes nous précédèrent.

J'aurais dû être consterné. Je le serais plus tard. Pour l'instant, je me laissais aller à la joie de retrouver mes grands-parents.

Depuis combien de temps les avais-je quittés? Un an? Deux ans? L'éloignement, le temps passé, l'habitude prise, finalement, de vivre dans une grande ville, il me sembla qu'ils n'étaient plus tout à fait les mêmes.

Il me suffit de quelques jours pour m'apercevoir qu'ils restaient immuables. Par contre, leur maison ne se conformait plus à mes souvenirs. La cour, que je croyais grande, se révélait minuscule. Au premier étage, plus de sous-off de l'armée coloniale et, par là même, plus de locataire. Grand-mère regrettait les Malgaches. Cette nouvelle troupe de garnison qui les remplaçait ne lui disait rien qui vaille. Elle appelait ces Allemands (elle disait les Prussiens) des doryphores, avec cette répulsion innée pour tout ce qui venait perturber les récoltes de pommes de terre.

Immuables?

Grand-mère certainement, toujours aussi vive, les yeux noirs pétillants, sa chevelure grise tirée en chignon, les mêmes cotillons un peu défraîchis, mais si bien repassés, petonnant avec ses petits sabots noirs.

Grand-père, lui, supportait moins bien son âge. Le bel homme d'autrefois s'était tassé, cassé, voûté. Sa moustache, écourtée et jaunie, ne lui donnait plus une allure à la Vercingétorix. Et ses yeux bleus, moins bleus, se ternissaient, comme délavés. D'ailleurs il se plaignait de sa vue, à tel point affaiblie, qu'il se cognait aux meubles.

Je retrouvai avec émotion la pendule à balancier où le paon étalait toujours orgueilleusement sa queue multicolore. Au fond de la grande salle, la chambre à coucher obscure sentait encore plus, me sembla-t-il, le moisi. Odeur rance qui me rappelait celle de notre loge de concierge près du château de la Duchesse Anne. La grande armoire à deux portes ne servait plus depuis longtemps de perchoir aux poules. Ah ! oui, la cour était devenue si petite et misérable sans sa basse-cour. Sans son merle. Une courette abandonnée, son chaudron et ses seaux en désordre.

Je demandai :

— Où sont les poules, les lapins ?

— On en a vendu. On en a mangé. Maintenant, où trouver du grain ? Et pour les lapins il faudrait sortir de la ville pour chercher de l'herbe. Les doryphores n'aiment pas que l'on musarde.

— La petite fille chante-t-elle toujours, derrière le mur ?

— Quelle petite fille ? Il n'y a jamais eu, ici, de petite fille, tu le sais bien.

Les pistolets d'arçon ? Sur la sellette, où je les avais toujours vus, un pot de fuchsias les remplaçait.

— Les pistolets ?

— Quoi ? Il y a bien longtemps qu'ils ne servaient plus à rien. On m'en a donné quelques sous. C'est dur, tu sais, de vivre vieux sans avoir de quoi.

A demi-aveugle, grand-père ne pouvait cultiver le jardin qu'il avait abandonné. Plus de jardin, plus de légumes, plus de fruits. Comme il ne pouvait pas acheter de tabac à chiquer, il faisait des boulettes avec du papier journal, qu'il mâchonnait. Grand-mère me dit que c'est ça qui le rendait malade, qu'il s'empoisonnait avec toutes ces menteries qu'il avalait en les suçotant.

Grand-père, invalide, sortait une chaise sur le trottoir de la rue des Orfèvres et passait ses journées, assis, essayant d'apercevoir ceux qu'il entendait marcher.

On lui disait :

— Alors, père Constant, comment ça va ?

Il répondait invariablement :

— Ça va, ça va... C'est seulement mes yeux qui m'empêchent de voir.

Grand-père, enfant trouvé, vieillard perdu.

Du réduit où grand-père rangeait ses outils, j'avais ressorti un vieux vélo rouillé.

— Si tu le veux il est à toi, me dit grand-mère. C'est la bicyclette de ton pauvre père.

« Ton pauvre père... » Jamais je n'ai entendu parler autrement de celui que j'ai si peu connu. Pauvre ? Pauvre de vie trop courte.

J'ai pris le vélo et, en pédalant, suis retourné à Nantes. Les Allemands, maintenant installés, tout était entré dans *leur* ordre.

Finalement, ma mère trouva un petit logement dans le quartier des blanchisseurs, au bord de l'Erdre, près du pont de la Motte-Rouge. En même temps, elle obtenait sur place du travail de repassage et de reprisage.

On se serait cru à la campagne. Pas d'eau courante. Nous avions accès à un puits public actionné par une pompe à manivelle. Le logement se composait de deux petites pièces, l'une servant de cuisine, l'autre de chambre à coucher où nos deux lits occupaient tout l'espace.

Notre situation sociale s'améliorait. Je n'étais plus garçon de course, mais manutentionnaire dans un entrepôt. Néanmoins, cette vie commune avec ma mère, dans un espace aussi étroit, devenait de plus en plus pénible. D'autant plus pénible que je ne reconnaissais plus ma mère.

Depuis qu'elle avait quitté si précipitamment sa propre mère, son caractère s'était durci. Elle que j'avais toujours vue si dépendante de grand-mère existait enfin, mais sans plaisir. Elle n'était plus mon aimable grande sœur, mais une personne autoritaire, de méchante humeur. Dans l'autorité de grand-mère se glissait une manière naturelle de se faire écouter. Ma mère ne possédait pas cette faculté. Ses douleurs d'estomac, ses migraines, que grand-mère calmait à force de tisanes, en empirant la rendaient atrabilaire. N'étant plus reléguée dans un coin, comme à Fontenay, dans un coin où elle s'établissait un doux refuge, son indépendance la rendait brutale, cassante. Il me semblait parfois qu'elle se vengeait de sa trop grande soumission à sa mère, et qu'elle me faisait payer mes années délicieuses, hors d'elle, à Fontenay.

Si l'enfance sans compagnon de jeu peut être délicieuse lorsque l'on dispose d'une grand-mère aussi attentionnée que la mienne, par contre une adolescence solitaire est irrespirable.

Jusqu'à vingt ans, ne travaillant qu'avec des adultes d'un grand âge, les autres étant prisonniers de guerre ou déportés du travail en Allemagne, je n'ai pas eu d'amis. Sinon mes livres, des livres si abondamment empruntés, reléguant les quatre livres de mon enfance à des ébauches de mes nouvelles lectures.

Là encore, ma mère contrariait ma passion, harcelant mes moments de tranquillité, au retour du travail. Il y avait toujours de l'eau à puiser à la pompe, des bûches à fendre, du feu à allumer dans un fourneau, des courses à faire pour notre maigre pitance. Mes lectures étaient repoussées à la nuit et alors ma mère se fâchait parce que j'allais dépenser de la lumière.

Je comprends maintenant que pour une femme si précocement veuve, un fils unique devient un homme intérimaire, l'Homme, avec tout ce que cela comporte de frustration et de colère.

Mais à quinze ans, à seize ans, je ne le comprenais pas. Les sautes d'humeur de ma mère, ses emportements, ses larmes (elle pleurait souvent, me reprochant en gémissant d'être la cause de ses chagrins) m'étaient incompréhensibles. Je la regardais, hébété, incrédule, effrayé par ses accès d'hystérie.

Grand-mère m'avait habitué à une tout autre image de la femme, si douce, si tendre, si accueillante. Avec elle, j'étais couvé dans un nid.

Je saurai, plus tard, combien les nids sont fragiles et les femmes, parfois, bien étranges.

17

1942. Grand-père meurt. Ma mère me dit :

— Vas-y, toi. Moi je ne suis pas bien. Le voyage me tuerait.

Toujours ses exagérations. Son pessimisme exténuant. Son hypocondrie.

J'enfourche le vieux vélo de mon père et je pédale à travers le bocage. Un singulier bien-être. Loin de Nantes, empêtrée dans la nausée de l'occupation allemande, loin de l'entrepôt où mes journées interminables se passent à ficeler des paquets, loin de la tristesse de ma mère. Je pédale entre les haies vives, les ajoncs dorés, les chênes-têtards, les châtaigniers ombreux. Je roule vers le sud de la Vendée, si heureux que j'en oublie le cruel prétexte de mon voyage.

Grand-père est mort. Étendu sur la grande table de la cuisine, dans ses vêtements du dimanche, tout raide, les yeux fermés. Ses yeux bleus, si éteints déjà à mon dernier séjour. Des voisines sont là, assises sur les chaises paillées. Elles causent à voix basse. Je serre grand-mère dans mes bras. Tout naturellement. Sans m'étonner que ce soit moi, maintenant, qui prenne cette petite vieille, si fluette, contre ma poitrine, comme si, à mon tour, je la protégeais.

C'est moi l'Homme. Il faudra m'y faire.

Les obsèques, vite bâclées. Le cimetière. Il n'y a pas de place près de la tombe de mon père. Grand-père est enfoui tout au fond du terrain.

C'est drôle cette maison devenue si vide par l'absence. Je remarque d'ailleurs avec peine que, pendant ces deux années, elle s'est singulièrement délestée.

La grande armoire, avec ses coquilles Saint-Jacques gravées dans le bois des portes, la pendule à balancier et son paon rutilant de couleurs émaillées, tous les outils de jardinage, il ne reste plus rien du trésor de mon enfance. Comme si grand-père avait tout emporté dans sa tombe.

Grand-mère, lorsque nous nous retrouvons seuls, se montre gênée de ce désastre, s'en excuse :

— Tu sais, je suis trop vieille pour les lessives. Trop lente. Pas rentable. Et mon pauvre Constant qui mâchonnait ses gazettes à longueur de journée, tant et si bien qu'il s'est obscurci les sangs. On a mangé notre avoir. Reste la maison. J'en tirerai pas lourd. Trop vieille, elle aussi. Elle craque de partout. Encore heureux si je mets la main sur un acquéreur.

— Où iras-tu ?

— Je n'ai pas besoin de grand-chose. Juste un petit coin pour ne gêner personne. Aussi peu qu'on me donnera pour la maison, je tiendrai bien encore quelques années. Autant que ma pauvre carcasse.

Je m'étais étonné que, pour l'enterrement, grand-mère n'ait pas repris sa coiffe. Elle ne s'en était pourtant pas défait. Bien posée sur sa boule de bois, comme sur une tête, elle trônait dans la chambre à coucher.

Je n'osai lui en demander la raison. Je crois comprendre maintenant qu'après notre départ (qu'après la fuite de ma mère et la mienne) elle abandonna cet ornement de sa jeunesse, de ses beaux jours, signe d'un temps révolu, souvenir amer des années heureuses. Elle ne la liquida pas, comme tant d'autres objets (comme ces pistolets d'arçon que, absurdement, je regrettais tant), elle ne la cacha pas, la mettant, au contraire, ostensiblement en montre, mais ne s'en coiffa plus. Devenue irrémédiablement femme en cheveux.

Moins oppressants à Fontenay qu'à Nantes, les soldats allemands attristaient néanmoins singulièrement notre petite ville qui, avec eux, perdait de sa bonhomie.

Grand-mère disait, avec une animosité qui ne lui ressemblait guère :

— Ils nous prennent tout !

Elle qui n'avait rien.

18

Dans les années qui suivirent, le monde tempéré, clément, de grand-mère, sera secoué de hurlements. Depuis que l'on s'enfonçait dans la guerre, dans les horreurs de l'occupation allemande, le monde n'était plus que hurlements. Que représentait la difficile cohabitation avec ma mère comparée aux exécutions d'otages, aux déportations, aux bombardements américains qui enflammaient et réduisaient en cendres des quartiers entiers de Nantes ; à la peur, lorsque, dans la nuit, après le couvre-feu, résonnait le bruit cadencé des bottes sur les pavés de granit ?

Alors que tant de gens se plaignaient avec raison des restrictions alimentaires, d'un manque de nourriture qui allait pour certains jusqu'à la famine, je n'ai pas le moindre souvenir d'avoir eu faim. Depuis si longtemps, ma mère et moi étions habitués à la pénurie. Mes faims se situaient ailleurs, dans l'obsession de savoir, de connaître, d'appréhender le monde, de me colleter à lui, de le vaincre. J'avais déjà la certitude que le monde était mauvais, qu'il fallait essayer de s'en protéger. Et que le savoir pouvait être un bouclier. La soldatesque qui nous opprimait me donnait une idée du monde, de la société, de la hiérarchie, du pouvoir, tout à fait négative.

Cela dit, nous nous étions adaptés peu à peu, ma mère et moi, à notre vie de faux ménage. Elle n'était pas devenue chambrière comme sa mère, mais un peu tout de même, puisque, grâce à son opiniâtreté, elle finissait par monter en grade, délaissant nos voisins blanchisseurs pour faire des journées chez les dames de la haute, dont elle gardait les enfants et raccommodait le linge. Cette semi-domesticité lui plaisait, avec ce que cela comportait de rencontres et de conversations avec ces dames qui la prirent en condescendante amitié. Je remarquais d'ailleurs qu'elle reprenait de ses parents le langage désuet des serviteurs d'autrefois, empreint de solennité, où les grands mots abondaient.

Et c'est aussi ce langage insolite qui maintenait l'incompréhension entre nous. Je m'apercevais que ses crises de larmes, ses malédictions, comportaient une sorte de théâtralité qu'elle tenait aussi de ses trop nombreuses lectures de feuilletons dans *Le Petit Écho de la Mode.* En réalité, peut-être nous comprenions-nous mal, maintenant, parce que nous n'avions pas les mêmes lectures.

Printemps 1944. Averti la veille du jour où la milice devait venir m'arrêter sur mon lieu de travail, je saute sur mon vélo et pédale vers Fontenay-le-Comte où l'on m'a donné un contact.

Il y a beaucoup de monde chez mon contact, un peu trop, même un gendarme, ce qui me fait craindre d'être tombé dans un guet-apens. Ma crainte amuse tout le monde, à commencer par le gendarme. La Libération n'est plus très loin. Il y a affluence chez les résistants.

On m'établit une fausse carte d'identité et on me donne verbalement mes adresses de refuges.

— Embrasse ta grand-mère, me dit le contact.

Est-ce une plaisanterie ? Je me retourne. Grand-mère est là, dans cette trop grande réunion, en un lieu a priori clandestin.

Toute menue, si petite, ses cheveux gris toujours bien peignés et torsadés dans son rond chignon ; son air tranquille dans ses éternels vêtements noirs. M'embrasse.

— Te trouver ici... Je ne comprends pas.

Le contact répond, amusé :

— Madame Léonie nous est bien utile, avec son air si innocent. Accompagne-la chez elle, mais ne t'y attarde pas.

Me revenait le souvenir du cafetier socialiste aux drapeaux rouges que grand-mère allait soigner malgré la malédiction que lui portaient les gens du quartier. Étonnante grand-mère, d'une inaltérable serviabilité !

La maison vendue à l'horloger voisin qui en faisait un atelier de réparations pour ses pendules, grand-mère s'était installée dans un rez-de-chaussée d'une seule pièce, faubourg des Loges.

Il n'y restait plus rien de ce qui réjouissait mon enfance. Au précédent voyage, les objets les plus précieux avaient déjà disparu. Elle ne conservait qu'une petite table, deux chaises branlantes, un buffet et s'était acheté un poêle à charbon pour la cuisine et le chauffage. Dans ce dénuement, un seul luxe : la coiffe de dentelles blanches sur son support de bois sombre; cette coiffe qu'elle ne porterait plus jamais et qui, mitée, commençait lentement à se désagréger.

Les économies, elles aussi mitées, réduites à trois fois rien, ne permettaient plus à grand-mère que de survivre chichement. Il n'y avait pour les trop vieux que la ressource d'être pris en charge par leurs enfants. Sinon l'hospice.

Grand-mère, dans son réduit du faubourg des Loges, trottinante sur des galoches qui remplaçaient ses jolis sabots noirs, encore assez valide pour porter des messages clandestins, heureuse de servir ainsi encore à quelque chose, retrouvait la disette de ses jeunes années, lorsque les enfants gagés se nourrissaient surtout de quignons de pain et de pommes. Elle me disait que ce même menu, aujourd'hui, la maintenait en bonne santé. Le plus drôle c'est que, au contraire de sa fille, elle n'était en effet jamais malade et toujours de bonne humeur.

Ce dénuement de grand-mère ne m'étonnait pas trop, ne me gênait pas trop. Je n'en voyais pas tout le drame parce que j'étais habitué, avec ma mère, à une pauvreté comparable à laquelle ne s'ajoutait néanmoins pas le désastre de la vieillesse.

19

1950. Je vis à Paris depuis cinq ans. Sans le sou, dans des logements d'infortune. Mais je suis libre. D'une liberté incomparable. Dans une gueuserie exaltante. Ne souffrant pas de la dèche, comme mes compagnons de bohème. J'en ai l'habitude.

J'ai coupé le cordon qui, malgré tout, me rattachait à ma mère. Tous les cordons. Je cours comme un chien fou. Je m'enivre de lectures, de peintures, de musiques. J'ai enfin des amis de mon âge. J'ai laissé la vraie pauvreté, la vraie misère derrière moi, et je cours à perdre haleine pour qu'elle ne me rattrape pas.

Mais la misère est une teigne qui vous colle à la peau. Une lettre m'agrippe à mon passé, me fait dégringoler de mes échafaudages. Grand-mère (ne l'avais-je pas un peu oubliée ?), devenue à la fois totalement indigente et impotente, a été recueillie à Nantes par ma mère, dans la maisonnette si exiguë du quartier des blanchisseurs.

Ah ! la retrouver au plus tôt ! Le temps de faire

de l'auto-stop porte d'Orléans, de tomber sur un camionneur complaisant et me voilà de nouveau à Nantes.

Rien de plus désorientant que l'absence et, encore plus, que l'exil. Le si petit logement où j'ai vécu mon adolescence avec ma mère a encore rétréci. Comme avait tellement rétréci la maison de mes grands-parents à mon premier retour à Fontenay. Les blanchisseurs n'étendent plus leurs draps dans la prairie qui séparait la maisonnette de la rue de Clermont. Les blanchisseurs s'en sont allés et la prairie a été dépecée en lotissements où des maçons s'affairent à construire de neuves habitations en parpaings. Près de l'Erdre, les vieilles bâtisses n'ont pas été touchées. Elles menacent ruine. La plupart, d'ailleurs, sont inhabitées, en attendant la démolition. Dans cet abandon, le morceau de maison où j'habitais avec ma mère tient toujours debout. Mais en quel état ! La toiture, arrachée par un coup de vent, a été remplacée par des plaques de fibrociment.

Ma mère m'a vu venir par le sentier qui descend de la rue de Clermont. Elle m'attend en haut de l'escalier en fer rouillé. Immobile pietà. J'entends déjà ses reproches : mes lettres trop rares, mes absences trop longues.

Je coupe court à ses récriminations. C'est pour grand-mère que je suis venu.

Elle est couchée dans la seconde pièce, celle à deux lits, ces lits en bois, trop grands, trop hauts avec leurs édredons, pour cette chambre minuscule. Sa tête aux cheveux gris, qui émerge des draps, ressemble à ces vieilles pommes toutes ridées que l'on voyait se dessécher dans les compotiers de la maison de Fontenay. Elle essaie de se soulever. Ses petits yeux noirs pétillent. Elle me tend les bras, s'écrie :

— Mon petit... mon petit... Comme tu es grand !

Bien sûr j'ai grandi depuis qu'elle me portait à son cou, mais si peu. Pour une aïeule, un petit-fils est toujours grand. Il émane de ce corps brisé un tel amour, un tel amour, que j'en suis, tant d'années après, encore bouleversé. Comme si les années nantaises, les années parisiennes, n'existaient pas. Comme si l'érosion du temps n'existait pas. Comme si la mort, qui ronge ce corps anéanti, ne pouvait éteindre l'immensité de cette passion.

La puanteur de cette chambre close est intolérable. Des relents d'urine et d'excréments. Le seau hygiénique, au pied du lit, m'hypnotise. Je me souviens qu'il n'existe pour cette maison que des WC en planches, tout près de l'Erdre, qui s'écoulent simplement dans la rivière. Comparées à cet habitat sordide, mes mansardes parisiennes me paraissent fastueuses. Je tente d'aérer la pièce en ouvrant la fenêtre. Celle-ci est à tel point pourrie que ma mère l'a condamnée en y clouant des planches.

Je voudrais rester plus longtemps avec grand-mère, mais je suffoque. Ma mère, dans la cuisine, me demande :

— Alors, tu l'as vue. Qu'en penses-tu ? Moi, elle me mine. Je n'en peux plus. Elle m'achèvera.

Toujours sa théâtralisation. Néanmoins la situation de ces deux femmes est tragique. Ma mère a beaucoup vieilli. Ses ressources sont infimes et grand-mère entièrement à sa charge. Sa pauvre carcasse, comme elle disait, a tenu plus longtemps que ses maigres économies.

Je m'en veux tout à coup de ma bohème impécunieuse et joyeuse. Comment les aider toutes les deux ? Où trouver de l'argent ? Où trouver de l'argent ? Voilà un refrain qui me poursuivra longtemps. Pour l'heure, il m'obsède.

Que sont devenus tous les trésors de mon enfance ? La maison de la rue des Orfèvres, près du pont des Sardines ? Que sont devenues les Sablaises aux immenses coiffes de dentelles et aux jupes courtes plissées sur des bas noirs, disparues pendant l'occupation allemande ? Vendent-elles de nouveau des sardines argentées dans leurs paniers couverts de fougères ? Que sont devenus tous ces meubles liquidés à des brocanteurs : la grande armoire où se juchaient les poules, l'horloge à balancier où se déployait la queue rutilante d'un paon, les chenets de l'âtre, les pistolets d'arçon, le merle qui se cognait désespérément sur le haut mur derrière lequel une petite fille chantait.

Dans le jardin de mon père, les lilas sont défleuris.

Je ne suis pas resté longtemps à Nantes. A peine arrivé, l'envie de repartir me taraudait. L'état pitoyable de grand-mère m'angoissait. Ma mère empila des coussins dans le fauteuil d'osier de la cuisine et je dormis là, dans des nuits trop longues, peuplées de cauchemars.

Une chose encore me perturbait, l'inversion qui s'était opérée dans les relations entre les deux femmes. Ma mère, à Fontenay, fille docile de sa propre mère, et qui s'était transformée à Nantes en veuve autoritaire, traitait maintenant grand-mère avec rudesse. Grand-mère devenue à son tour sa pauvre fille, d'une soumission consternante.

Cette passivité m'humiliait. M'humiliait pour elle.

Je m'enfuis.

20

1952. Les lettres de ma mère sont de plus en plus plaintives. Ses propres douleurs, ses migraines, sa neurasthénie s'effacent devant la lente décomposition du corps de grand-mère. Elle qui avait toujours montré une répugnance à l'animalité, à l'organique, elle qui me gelait avec ses aérations abusives, me parlait avec horreur de l'ambiance confinée dans laquelle la fragilité de sa mère l'obligeait à vivre. Les pots de chambre à vider, qu'elle allait jeter dans l'Erdre, croyant ainsi mieux se débarrasser de l'odeur. Le papier d'Arménie brûlant continuellement et qui finissait par l'écœurer avec son parfum d'église. Cette mort lente dans cette chambre qu'elle partageait avec la grabataire.

Elle m'écrit :

« Le médecin m'a dit que ça ne pouvait plus durer comme ça. C'est elle ou c'est moi. Il l'a fait transporter à l'hospice. »

L'hospice ! C'est là, de l'autre côté de la Loire, près de la Vendée, que grand-mère est morte, dans un complet abandon. J'étais loin, en Angleterre, dans un camp de travailleurs agricoles où je m'étais engagé, croyant ainsi échapper à une vie intellectuelle parisienne qui m'avait fasciné, mais où je me sentais, finalement, mal à l'aise.

Je ne sais où grand-mère a été inhumée. Ni comment. Sans doute dans une fosse commune. Et grand-père, aucune trace de lui en ce cimetière de Fontenay-le-Comte où ma mère, selon ses vœux, a rejoint son éphémère époux.

Tous les deux, mes chers vieux, venus d'on ne sait où...

Du même auteur :

ROMANS

Aux Éditions Albin Michel

Drôles de métiers
Enfance vendéenne (L'Accent de ma mère, Ma sœur aux yeux d'Asie, Enfances vendéennes)
Ma sœur aux yeux d'Asie
Les Mouchoirs rouges de Cholet (Prix des lectrices de *Elle,* Goncourt du Récit historique)
La Louve de Mervent
Le Marin des Sables
Le Cocher du Boiroux
La Mémoire des vaincus
Le Roman de Rabelais (Prix des Maisons de la Presse)
Les coquelicots sont revenus
Un si bel espoir

ESSAIS

Histoire de la littérature prolétarienne, Albin Michel
L'Accent de ma mère, coll. « Terre Humaine », Plon
La Voie libertaire, coll. « Terre Humaine », Plon
1793. L'insurrection vendéenne et les malentendus de la liberté, Albin Michel
D'une berge à l'autre, Pour mémoire 1943-1953, Albin Michel
Georges et Louise, Albin Michel

CRITIQUE ET HISTOIRE DE L'ART

L'Art abstrait, tomes 3, 4, 5, A. Maeght
Atlan, mon ami, 1948-1960, Galilée

Karel Appel, de Cobra à un art autre, Galilée
Jean Dubuffet, paysages du mental, Skira-J. Bucher
Jean Dubuffet, Fall éditions
Les Ateliers de Soulages, Albin Michel
James Guitet, les forces du silence, SMI
54 Mots-clés pour une lecture polyphonique d'Agam, Fall éditions
Le Dessin d'humour, « Points-Virgule », Éd. du Seuil
Journal de l'Art abstrait, Skira
Martin Barré, Calder, Corneille, Fautrier, Étienne-Martin, Kemeny, Kœnig, Marta Pan, Poliakoff, Schneider, monographies chez divers éditeurs
Histoire des arts plastiques de 1945 à nos jours. Entretiens avec Alain Vollerin, 5 vidéocassettes de 53 mn, Mémoire des Arts
L'Art brut, Corneille, Dewasne, Denise René, Doucet, Étienne-Martin, Guitet, J.-P. Raynaud, Soulages, Takis, Venet, Zao Wou-Ki, vidéocassettes, Mémoire des Arts
Du côté de l'Art brut, Albin Michel
Le Regard et la Mémoire. Portraits-souvenirs de Atlan, Poliakoff, Dubuffet, Chaissac, Fautrier, Hartung, Albin Michel

URBANISME ET ARCHITECTURE

Histoire mondiale de l'architecture et de l'urbanisme modernes :
Tome 1, Idéologies et Pionniers, 1800-1910, Casterman
Tome 2, Pratiques et Méthodes, 1911-1985, Casterman
Tome 3, Prospective et Futurologie, Casterman
Esthétique de l'architecture contemporaine, Griffon, Neuchâtel
L'Homme et les Villes, Albin Michel

L'Architecture, le Prince et la Démocratie, Albin Michel
L'Espace de la mort, Albin Michel
L'Architecture des gares, Denoël
Claude Parent, monographie critique d'un architecte, Dunod
Le Temps de Le Corbusier, Hermé
C'est quoi, l'architecture ?, coll. « Petit Point », Éd. du Seuil
Histoire de l'architecture et de l'urbanisme modernes, 3 vol., « Point Essais », Éd. du Seuil

BIO-BIBLIOGRAPHIE

Autour de Michel Ragon, musée des Beaux-Arts de Nantes, 1984
J'en ai connu des équipages, entretien avec Claude Glayman, J.-C. Lattès, 1991
Michel Ragon parmi les siens, Plein Chant, n° 66-65, 1998
Aliette Armel, *Les Itinéraires de Michel Ragon,* Albin Michel, 1999
Le Musée du XXe siècle de Michel Ragon, Hôtel du Département de la Vendée, 2000.

Composition réalisée par EURONUMÉRIQUE

IMPRIMÉ EN ESPAGNE PAR LIBERDUPLEX
BARCELONE
Dépôt légal Édit. : 32383-06/2003
LIBRAIRIE GÉNÉRALE FRANÇAISE - 43, quai de Grenelle - 75015 Paris.
ISBN : 2-253-15491-1

31/5491/1